Francesco Pergola

DELIRIO

DI

ONNIPOTEN ZA

NARRATIVA

CAP. 1

Francesco fece un cappio con una lunga corda,la fece passare attraverso un occhiello di acciaio sul soffitto,salì su una sedia e,dopo aver fissato la corda al muro,si mise il cappio al collo,diede un calcio alla sedia e si impiccò.

Su un tavolo c'era una lettera per la moglie ed il figlio.

Il figlio Marco,un giovane aitante,sportivo,,ma dai tratti intelligenti e sensibili,un'ora dopo si recò nel box per prendere l'auto.

La scena che vide lo agghiacciò:"papà—Oh, papà..nooo-gridò con quanto fiato aveva in gola-noo..,mentre correva piangendo e urlando verso il corpo penzolante del padre.

Perchè l'hai fatto..perchè? E ora io e la mamma..?"

-"Non è vero, non può essere vero..E' un incubo.."

Nel frattempo,salito sulla sedia,staccò il cappio dalla testa del padre e ,adagiatolo per terra,cercò di rianimarlo:era stato addestrato nelle tecniche di rianimazione.

Si affannò in modo forsennato su quel corpo senza vita,sempre gridando e piangendo:"
perchè l'hai fatto? Tu,proprio tu...

Si arrese all'evidenza:il padre era morto,non c'era più nulla da fare.

Si accasciò per terra singhiozzando,urlando e piangendo...

"E ora -pensava- come farò a dirlo a mamma..lei morirà di dolore..si adoravano..erano una sola cosa da anni,da quando erano giovani studenti..e ora?"

Senza un perchè.."Perchè papà,perchè ci hai lasciati così?"

Pianse accasciato,annichilito, a lungo.

Quindi si alzò:"Ora bisogna dirlo alla mamma....bisogna prepararla"

Vide la lettera sul tavolo,si sedette e la lesse.

Cara Maria, caro Marco,

perdonatemi..perdonatemi per la sofferenza che sto per arrecarvi..Vi ho tanto amati.

Siete stati la mia vita ,la mia gioia

Per voi ho tanto lavorato..,volevo che foste felici,che aveste quanto meritavate:

una vita dignitosa ,senza preoccupazioni per il futuro,volevo per voi un futuro tranquillo,sereno.

Ma io non posso darvi questo futuro,non posso darvi nessun futuro..neppure ai miei operai che
tanto hanno collaborato con noi in fabbrica..eravamo una famiglia.

La mia impresa era la mia vita:ho profuso tutte le mie capacità,le mie forze..

Ed ero riuscito ad assicurare lavoro e dignità a dieci famiglie.

Ma ,come sapete, le cose da qualche tempo andavano male:molto male..

La globalizzazione..le fabbriche che chiudono..

Ma noi andavamo bene..la fabbrica aveva commesse..

Ma i fornitori volevano essere pagati..I debitori fallivano e non pagavano..lo stato e gli enti pubblici ritardavano sempre di più i loro pagamenti e le banche,senza pietà per le piccole imprese,non concedevano più credito,anzi volevano rientrare..

Non si comportavano così con gli "amici",le grandi imprese che foraggiavano allo scoperto lautamente.

Non c'era più niente da fare..

Non avevo più soldi per pagare i miei operai:

famiglie che per anni e anni si sono spese per la fabbrica anche nei periodi più duri, ora restavano senza lavoro..senza stipendio...sul lastrico.

E voi,come avrei ancora potuto guardarvi in faccia?

La vergogna..

La casa era già stata pignorata..

Che futuro avrei potuto dare a voi?

E' la fine,il fallimento.

Solo da morto posso ancora esservi utile.

Negli anni ho costituito un fondo a vostro favore che sarà liberato alla mia morte,per qualsiasi causa.Voi ne siete i beneficiari.Vi permetterà di andare avanti..

Addio cari! Vi abbraccio forte,forte.Vi ho tanto amati ed ora debbo lasciarvi.

Addio e ,se potete,perdonatemi per il dolore che vi provoco.

Francesco-

Una rabbia furiosa prese Marco:"Maledette banche,avide arpie!"

Maledetto stato,corrotto e avido,maledetta Europa,maledetto l'Euro..Maledetti!

Avete ucciso mio padre".

Quando Maria vide Francesco..disteso,rigido,morto..col collo spezzato..tutto il suo mondo crollò.

Il suo cuore divenne una pietra.

Lesse la lettera..

Non disse nulla!Restò impietrita,stordita..senza una lacrima,senza un lamento...

Il suo cuore era morto con il marito..

Lei temeva,lei sapeva che il marito avrebbe fatto un atto incolsulto.

Da tempo mangiava poco..non dormiva.Si agitava nel letto.....

Correva da una banca all'altra..cercava aiuto..Nessuno,nessuno gli apriva una porta..

Era un imprenditore onesto,leale che aveva sempre onorato i suoi debiti e li avrebbe onorati,se gli avessero dato tempo..

E invece l'avevano ammazzato...

"Assassini..assassini -gridava il suo cuore-Io non posso vivere senza Francesco..

Io non vivrò senza Francesco".

La notte stessa si avvelenò.

Fecero un unico funerale per lei e il marito.

Al funerale non parteciparono solo i familiari e gli amici,ma tutto il paese.

Al dolore si univa una rabbia feroce,sorda contro tutti,contro tutti quelli che potevano ma non mossero un dito.

"Ci avete tolto il presente;ora ci togliete anche il futuro"-gridavano-

"Ma non finirà così..Non aspetteremo la nostra fine e quella dei nostri figli con le mani in mano.

Non annienterete la nostra vita come avete fatto con Francesco e Maria!"

Marco Trapani è un ricercatore universitario e,come tale,precario e mal pagato.

Dopo il suo dramma familiare resta moralmente dilaniato,pieno di odio verso tutte le autorità e i poteri "forti",come banche assicurazioni,finanziarie,responasabili,secondo lui, del disastro economico e ,ancor più, sociale e morale della nazione e del mondo.

Anche le sue condizioni economiche sono disperate:la casa e la fabbrica messe all'asta per pagare i debiti;i crediti,pur consistenti, soprattutto verso lo stato ed alcuni enti pubblici,sequestrati per il pagamento dei creditori.Per quanto riguarda il fondo costituito dal padre,la finanziaria ne contesta la legittimità:non sarebbe dovuta in caso di suicidio,anche se le condizioni contrattuali prevedevano il pagamento in caso di morte per qualsiasi motivo.

In una situazione così disperata Marco ha un porto sicuro in cui ripararsi nella tempesta della sua vita:la sua ragazza.

Clara è una bella ragazza bionda,slanciata dalle belle forme;soprattutto ha una forte intelligenza non disgiunta da un senso pratico non comune alla sua età:ha 25 anni.

E' iscritta all'ultimo anno di medicina ed ha iniziato il praticantato ospedaliero.

Abita in un piccolo appartamento ammobiliato.

Dopo aver consolato Marco col suo amore,i suoi silenzi,quando Marco esplodeva nella sua rabbia contro tutto e tutti,passa all'azione.

"Marco,dobbiamo affrontare la tragedia:ora è il tempo di reagire,non possiamo permettere al mondo di schiacciarci,di annichilirci.

Il dolore atroce che ora provi,e giustamente,col tempo andrà attenuandosi.

Nel frattempo dobbiamo continuare a vivere insieme e insieme affrontare i problemi.

Io voglio avere una vita insieme a te e l'avrò.

Per quanto possibile voglio che sia una vita,non dico felice,ma significativa,che ci permetta di raggiungere,o almeno perseguire le mete in cui crediamo.

Come prima cosa verrai a vivere con me;io lascerò il praticantato e gli studi e cercherò di trovare un lavoro,qualsiasi lavoro onesto,anche in nero.

Poi..poi cercheremo di capire come spendere le nostre capacità e le nostre energie.

Le cose nel mondo debbono cambiare,non solo in Italia,e noi dobbiamo fare la nostra parte per cambiarle".

-"Hai ragione non è più tempo di piangere..Non avrò pace finchè non avrò vendicato la morte dei miei genitori,Francesco e Maria.

E' stato un vero e proprio omicidio.I valori,l'egoismo,l'avidità e l'insensibilità di questo mondo li ha uccisi.

Le cose non possono,non debbono continuare così".

E così Marco andò a vivere a casa di Clara e Clara trovò lavori saltuari come baby sitter,dando ripetizioni,come assistente personale a persone invalide part time.

Marco continuò a fare il ricercatore.

La sera,quando finalmente potevano riposarsi,si sedevano sulla poltrona o sul tappeto e parlavano, parlavano tanto del loro futuro,di cosa avrebbero fatto di se stessi e come perseguire le loro mete.

Marco-"Il mondo così non va..è completamente fallito:gli ideali che hanno mosso l'umanità sono una pia illusione.

La realtà è ben diversa:

il socialismo marxista si è trasformato nello stalinismo e nel comunismo cinese.

La gente,la povera gente è stata sfruttata e oppressa.

Guarda i cinesi:lavorano come schiavi ore e ore al giorno per pochi soldi.

Sfruttati,affamati,mortificati nei loro diritti fondamentali:nessuna libertà,nè di parola né di pensiero, sono come piccoli soldatini mossi come pedine da interessi più forti che non possono controllare, oppressi da un potere assoluto che li guida come burattini.

Altro che fratellanza,solidarietà,internazionalismo:parole..solo parole;carta straccia.

Clara-"Il capitalismo,la democrazia,il liberismo,la libera concorrenza...

Altra illusione..altra delusione.

La stiamo vivendo sulla nostra pelle.

"Il mercato ha in sé la forza di regolare e equilibrare gli interessi della collettività:mediante la concorrenza si raggiungerà il benessere per tutti".

Altre balle,altre falsità..

La povera gente ,ancora una volta,è stata illusa.

I grossi capitalisti,le multinazionali,le finanziarie,sostenuti da quelli che erano al loro soldo o che si sono fatti illudere,hanno voluto la globalizzazione,un mercato unico mondiale,senza regole e vincoli.E cosa è successo?

Le fabbriche chiudono e delocalizzano:vanno in Cina,in Romania,in Serbia India...dove possono operare senza regole e controlli,dove il lavoro non è protetto e costa niente----

E nei paesi avanzati chiudono e licenziano.In Italia la disoccupazione giovanile è salita oltre il 40%.

I diritti che gli operai avevano conquistati in decenni di lotte e sofferenze tutti cancellati.

La schiavitù del lavoro è stata globalizzata.

L'armonia sociale e gli equilibri economici sono stati spazzati via ,sono stati travolti da un uragano che distruggerà questo mondo,se non viene controllato.

La concorrenza ,il mercato,il profitto questi sono gli dei a cui stiamo sacrificando le nostre vite, il nostro sangue.

Una volta l'inflazione era un nemico che devastava i redditi della povera gente,era una tassa che pagavano i redditi fissi;si incoraggiava il risparmio,ai bambini si regalavano libretti di risparmio.

Oggi insegnano che l'inflazione è necessaria per favorire lo sviluppo,che bisogna spendere,spendere sempre più,indebitarsi per alimentare il carrozzone del consumismo.

E chi paga questo "sviluppo"? La povera gente,sempre loro.

I ricchi diventanoo sempre più ricchi,la ricchezza si ammassa sempre in meno mani e la povertà si estende.

Il mondo è diventato instabile,è in atto una devastante guerra mondiale di carattere economico che distruggerà l'umanità".

Marco:"

Ma che importa? Se le multinazionali,le finanziarie possono guadagnare,possono aumentare i loro profitti?

Che le persone soffrano,si impoveriscano,le famiglie si frantumino o non si formino più,le società crollino purchè il profitto.le ricchezze siano sempre più accumulate in poche mani,sempre in meno mani...possibilmente nelle mani di uno solo!

E' la follia!Il male ,l'avidità cieca e stupida trionfi!"

Clara:"

In nome del profitto si può rovinare la terra,si può dilapidare le energie,le risosrse economiche in modo improvvido.

La terra devastata,stuprata, derubata già urla la sua rabbia e già sta vomitando i suoi assassini.

Ciechi!

Che ve ne farete del profitto,se tutto crollerà,crolleranno gli stati..le persone fra poco scenderanno in strada impazziti e distruggeranno tutto e tutti.

Stanno distruggendo il loro futuro.la loro dignità e ogni speranza.

La follia sta guidando le nazioni non c'è speranza!"

Cap. 2

Marco e Clara parlarono a lungo,meditarono sulle varie ipotesi,scartarono idee,ne aggiunsero altre..

Aderire ad un movimento,ad un partito ?Crearne uno nuovo?

A cosa sarebbe servito?

Tutto era stato tentato nella storia dell'umanità.

Tutto era stato un fallimento.

L'egoismo dei singoli e delle nazioni aveva sempre trionfato.l'uomo aveva sempre dominato l'uomo:la terra si era ubriacata del sangue versato dagli uomini.

La storia?Illustrava chiaramente il trionfo del male e della malvagità..

Gli ideali e gli idealisti erano sempre stati travolti dalla vita vera.

Anche Gesù Cristo!

Un grande uomo,belle parole!

Ma ha cambiato il mondo,il mondo è diventato migliore?

Quelli che si dicono cristiani ,che predicano Dio e l'amore,sono quelli che più hanno sostenuto le guerre e l'odio in nome di Dio.

Milioni di morti:sedicenti cristiani contro sedicenti cristiani,o contro altre religioni,che a loro volta hanno sostenuto e alimentato le guerre e l'odio.

No ormai non ci si poteva illudere-conclusero-

l' umanità stava correndo inevitabilmente verso la propria distruzione:

FINE DELLA CORSA!

Marco:" Io, però,non voglio arrendermi senza fare nulla.

Cosa fare nel frattempo?

Sopravvivere,cercando di avere una vita dignitosa,colpire il male,i profittatori,aiutare gli sfruttati e gli oppressi come Francesco e Maria,costruire un nuovo modello di società,se possibile,che servisse a migliorare le prospettive dell'umanità..

E poi?..Poi anche la fine!

Ma nel frattempo avrebbero vissuto,non si sarebbero fatti sfruttare e avrebbero usato le loro energie e capacità per uno scopo utile..

Si sarebbero sentiti vivi,non sarebbero stati anime morte come i giovani sfiduciati e senza prospettive che vivevano ancora alle spalle dei genitori,non avendo ancora prospettive reali di una vita dignitosa.

Sì,io voglio vivere pienamente la mia vita :Voglio vivere,voglio sentirmi utile a me e agli altri".

Clara:"

Ma,ragiona Marco!

Come vuoi realizzare tutto questo?Non abbiamo neppure i soldi per vivere alla giornata e tu hai questi grandi Progetti.Resta con i piedi per terra Marco".

Chi ci darà i soldi per fare tutto questo? E come avremo il potere di imporre le nostre idee?

Le chiacchietre non bastano e neppure i sogni ad occhi aperti!".

Marco:"

Hai ragione,Clara:ci vogliono soldi e potere.

E noi avremo gli uni e l'altro.

Ci sto pensando da tanto tempo.Ora è il momento di agire.

Clara :"

E come?"

Marco:"

Il potere lo prenderemo con un colpo di stato e i soldi prendendoli dai più ricchi per distribuirli ai poveri.Come Robin Hood."

Clara."Stai sragionando Marco.

Un colpo di stato non si fa così,da un giorno all'altro,nè derubare i ricchi è un giochetto da bambini".

Marco:"

E' vero Clara! Ma quanto dico è meno inverosimile di quanto pensi

Il popolo è esasperato,non ha più speranze.Vuole qualcuno che prenda il potere e risolva i suoi problemi.

Un mese fa ho incontrato Paolo Condò-ti ricordi di Paolo vero?-era nostro amico,ha studiato con me e poi è entrato nella Guardia di Finanza,dove ha fatto carriera.Ora è un ufficiale.

Era profondamente depresso e sfiduciato,disgustato da quanto stava accadendo e del lavoro che doveva fare.

Era costretto a favorire gente da nulla,avida ,immorale,il cui scopo era divorare gli altri,frodare,evadere,corrompere..

Mi diceva che si sentiva sporco,deluso.

Ben altri erano gli ideali al liceo,quando tra amici si parlava di costruire un mondo migliore.

Ed ora proprio lui si era fatto macinare dal sistema; anzi lui favoriva e sosteneva quel sistama,lo copriva e incoraggiava.

Ma non vedeva un futuro per la società.Tutto stava crollando.

"Fra poco non sapremo più che farcene dei soldi,li butteremo per la strada:Non ci sarà neppure più da mangiare,le persone si scanneranno per un pezzo di pane-diceva-

Poi ,prudentemente-dopo avermi fatto giurare che non avrei fatto parola con nessuno.mi disse:"

Ti conosco bene.Di te posso fidarmi.Conosco i tuoi ideali,erano molto simili ai miei.Per questo ti parlo.Abbiamo bisogno di gente fidata,preparata e pronta a tutto per il bene del prossimo.

Attento:quello che ti dico è strettamente confidenziali e potrebbe avere conseguenze tragiche per te se li diffondessi.Nulla deve trapelare,anche se tu non fossi d'accordo con la proposta che ti farò".

Dopo aver ricevuto la mia rassicurazione, continuò-"

Sono in contatto con graduati della Guardia di Finanza che come me sono sfiduciati per l'impotenza di fronte alla illegalità.

Sapevano chi rubava,evadeva,corrompeva;a volte riuscivano anche a incriminarlo.

Poi?

Gli avvocati,la lungaggine dei processi,le prescrizioni e le conoscenze..tutto finiva in nulla o quasi.

Avrebbero desiderato farsi giustizia da soli e immediata.

Chi pagava per tutti?

I pesci piccoli,chi non aveva protezioni o soldi.

Il gruppo di militari disposti a passare all'azione stava crescendo..."

Marco:"

Ma tu stai parlando di un colpo di stato.Sai cosa stai dicendo?"

Condò:"

Sì,Marco,stiamo preparando un colpo di stato e stiamo cercando intellettuali fidati come te per attuare questo progetto.

Come ti ho avvertito è in gioco la tua vita.Se hai paura non parlarne con nessuno.

Se parlassi non potresti provare nulla e ne subiresti le conseguenze.

Sì,stiamo organizzando un colpo di stato.Partecipano già molti graduati dei carabinieri:vogliono moralizzare la vita sociale:i delinquenti non debbono più farsi leggi ad personam,pagarsi avvocati che portino i processi alla prescrizione..

Ci vuole una nuova classe con la schiena dritta .Attento ,però,.

Bada,io mi sono aperto con te perchè ti conosco,conosco la tua lealtà e serietà.

Non insisto in alcun modo che tu aderisca a questo progetto.Pensaci su;tra qualche tempo ti contatterò di nuovo.

Attento però a non parlarne con nessuno".

Ed io ne sto parlando con te Clara.Senza di te non parteciperò ad alcun progetto.

Che ne Pensi?"

Clara:"

Mi sembra un sogno,inverosimile ed impossibile da attuarsi.

La prudenza e l'intelligenza mi dicono di no.Eppure quello che accade sotto i nostri occhi è orribile, insopportabile direi:Cosa si può fare per cambiare le cose?

Qualcosa si deve pur fare.

Il cuore mi spinge a dirti di sì.Cosa possiamo perdere ancora?

Ci hanno rubato il futuro,la dignità.Possiamo perdere la vita,è vero.

Ma è vita questa?Merita di essere vissuta?

Il progetto mi tenta,anche se vedo l'enorme complessità di attuarlo e la scarsa possibilità che abbia successo.

Eppure..."

Marco:"

Eppure,come me sei tentata.L'idea non ti dispiace ,in fondo"

Clara:"

Sì,ma come attuarla?Siamo pochi ed inesperti".

Marco:"

A questo ci stanno pensando i militari.Debbo parlarne a fondo con Condò e poi prendere una decisione.Voglio conoscere a fondo quali sono i loro progetti e come pensano di attuarli.

Per il momento è solo un'idea,un desiderio.

Condò mi ha detto che,se volevo condividere questa avventura,potevo contattare con prudenza altri purchè preparati e determinati".

Clara:"

Tu già stai pensando a qualcuno,vero?"

Marco:"

Mi leggi nel pensiero.

Sì.stavo pensando a Pino e Susanna.

Erano i loro amici fraterni,da sempre.

Non avevano condiviso con loro il disgusto per questa società,non avevano detto più volte,nei momenti di delusione ed amarezza,che avrebbero volentieri fatto saltare tutto in aria?

Era solo uno sfogo?Avrebbero avuto la voglia e la forza di passare realmente all'azione?

Erano persone estremamente preparate e sicure.

Pino si era laureato in informatica,e ,nel suo campo,era quasi un genio,era in grado di fare cose che neppure i suoi insegnanti avrebbero potuto.

Era già corteggiato da qualcuno perchè facesse il ricercatore..naturalmente a pochi Euro e precario.

Bello e forte fisicamente.risoluto era anche lui determinato a fare qualcosa ,a non tirare i giorni.

Voleva fare qualcosa per cambiare quella società.

Susanna,anche lei giovane e vigorosa,laureata in chimica,adorava il suo Pino,disposta a buttarsi nel fuoco per lui.Intelligente e preparata,sarebbe stata molto utile alla causa..

Sì.li avrebbero invitati a cena per sondare il terreno.

La cena fu molto vivace.

Si parlò,naturalmente,della situazione dei giovani laureati,delle loro speranze,o meglio delusioni, della situazione in Italia e nel mondo e dell'Euro.

Le loro idee si fondevano,si savrapponevano e lo sdegno cresceva mano a mano che la conversazione si approfondiva.

Si doveva fare qualcosa..non si poteva stare fermi con le mani nelle mani..

"Cosa?"-chiese Marco

Pino e Susanna tacquero pensosi a quella richiesta.

Pino:"

Parli seriamente,vuoi veramente fare qualcosa,passare ai fatti?

Marco:"

Mai parlato più seriamente.Io e Clara stiamo già pensando ad un progetto.Ma non vogliamo parlarvene a meno che non mi assicuriate che,se non siete d'accordo,non ne parlerete con nessuno.

Ne va della nostra vita;non è uno scherzo"

Susanna:"

Ci spaventi.tu sai ,però,quanto vi vogliamo bene..ci faremmo uccidere pur di non farvi del male.

7

D'altro canto anche noi volevamo parlarvi di un nostro progetto,non è vero Pino?"

Pino:"

E' vero ,ed anche per noi il vostro silenzio significherà la nostra vita.

Per dimostrarvi la nostra lealtà vi parleremo noi per primi del nostro progetto"

Pino illustrò dettagliatamentc la situazione mondiale e della terra.

E' senza futuro-concluse-.

Per risolvere il problema bisognerebbe cambiare l'uomo,le sue mete,la sua mente,il suo cuore.

Ma dopo millenni l'uomo non è migliorato,è peggiorato.Il male progredisce di male in peggio.

E' il trionfo del male".

Marco:"

Sì,è vero,siamo d'accordo.

Ma in concreto cosa proponi?

Pino:"

Ti ricordi di Paolo Condò?"

A quel nome Marco e Clara trasalirono.

Marco:"Sì,mi ricordo bene di lui.E allora..?"

Allora l'abbiamo incontrato di recente e ci ha fatto una proposta".

Era la stessa fatta a Marco.

Marco e Clara ascoltavano col fiato sospeso.

Pino continuò illustrando la proposta con dovizia di particolari.

Marco:"

E' la stessa proposta che ha fatto a me."-quasi gridò.

nello stupore degli amici.

"Come,quando?" domando Pino allibito.

Dopo aver spiegato i fatti Marco chiese a Pino e Susanna.

E voi cosa avete risposto? Cosa avete deciso".

"Noi siamo qui per parlarnc con voi"-rispose Pino-

e parlarono ,parlarono eccitati per tutta la sera,fino a notte tarda.

La proposta li eccitava e li spaventava..ma erano propensi a rispondere affermativamente.

Almeno la loro vita avrebbe avuto un senso,comunque fosse andata quell'avventura.

Si ripromisero di incontrarsi con Condò per approfondire la questione.

Nel frattempo volevano incontrarsi con un altro loro amico,Maurizio Schifani,che faceva il commercialista.

Volevano sondare anche la sua disponibilità.

Il lavoro da fare era enorme e ci sarebbero volute molte persone serie e capaci.

Maurizio,secondo loro,aveva queste caratteristiche.

E' vero,era un avventuriero,gli piacevano le donne e le forti emozioni.Era un bell'uomo aitante e sicuro di sé e voleva dalla vita tutto quello che poteva offrire.Non aveva molti scrupoli.

Ma aveva questo in comune con loro:disprezzava gli arricchiti disonesti che truffavano,evadevano le tasse e si vantavano delle loro ricchezze,disprezzando le persone che sfruttavano.

"Difficoltà,crisi economica,gente che non aveva lavoro o non poteva arrivare alla fine del mese:era la sorte degli incapaci,dei deboli che non meritavano altro"

"Ma dov'erano queste difficoltà?"-Si vantavano quando venivano intervistati dalla televisione nei porti dei paradisi fiscali vicino ai loro yacht mastodontici .-"Loro non sentivano la crisi"..-e intanto ridevano irridenti e altezzosi,esponendo la merce a loro disposizione,acquistata per il loro divertimento con i proventi delle loro furfanterie:

belle ragazze giovani a bordo di yacht cabinati,illuse e sfruttate,pronte ad essere buttate via come limoni non appena fossero state spremute a sufficienza..

Loro i soldi sapevano come farli:corruzione di politici,appalti truccati,soldi esportati illegalmente, paradisi fiscali,quando non erano il ricavato di attività crimiali.

Loro se la ridevano della crisi e della povera gente che a 50 anni veniva buttata in strada e non sapevano più cosa dar da mangiare ai loro figli,pagare i mutui di un appartamento acquistato con tanti sacrifici e che ora gli veniva portato via..

Loro non avevano paura del futuro.

Li attendevano onori,viaggi verso le più belle spiagge del mondo,una vita da nababbi..alle spalle della povera gente che soffriva...

Sì,Maurizio era senza scrupoli,anche lui mangiava qualche fetta di quel dolce,ma tanta sfrontata alterigia in gente di poco conto,che disprezzava,lo faceva sentire" in colpa" di aiutarli a realizzare i loro turpi fini.

Tanto più che a lui ,che si sentiva molto superiore a loro,andavano poche briciole.

E poi amava l'avventura,il rischio.

Che cambiasse pure tutto,lui sarebbe comunque sopravvissuto,qualunque cosa fosse successa: lui sapeva come caversela,sempre.

Cap.3

E così,dopo aver fissato un appuntamento telefonico, si trovarono tutti a casa di Marco e Clara.

Paolo Condò entrò subito nel merito,dopo aver loro ricordato che non avrebbero da ora in poi potuto più ritirarsi dall'operazione.Sarebbero stati eliminati in quel caso.

Spiegò quindi agli amici il progetto a grandi linee.

Nel progetto erano già implicati alti esponenti delle varie armi,di cui non fornì i nomi.

Funzionari dei servizi segreti,industriali....e anche esponenti intermedi della scala gerarchica militare.

Esisteva insomma già una rete molta articolata su tutto il territorio dello stato.

Ora bisognava perfezionarla e ampliarla,ma costituire la base,questa era la cosa più importante,perchè il colpo di stato venisse accolto favorevolmente dai cittadini.

Prima di tutto servivano finanziamenti:bisognava comprare armi,strutture e macchinari,insomma quanto era necessario .

Inoltre bisognava che la popolazione venisse incoraggiata ad accettare il cambiamento.

Come fare?

Per il finanziamento occorreva togliere ricchezza a chi non la meritava,e distribuirla ai più bisognosi.

Era il sistema Robin Hood:così l'avevano denominato gli alti vertici.

Si sarebbero fatte azioni mirate,dopo attento studio,contro le proprietà dei ricchi approfittatori.

Il ricavato sarebbe stato utilizzato non solo a finanziare le spese necessarie al colpo di stato,ma anche a diastribuirlo ai meritevoli nel bisogno,ma soprattutto a piccole imprese promettenti:

si sarebbero costituite banche etiche per finanziare i loro progetti,rifiutati dalle altre banche.

Questi colpi sarebbero opportunamente stati pubblicizzati:anche alcuni organi di informazione erano stati sensibilizzati a favore del colpo di stato.

Nel contempo bisognava creare un nuovo modello di sviluppo da offrire alla società.

Era chiaro che il modello attuale stava portando l'umanità al disastro.

Bisognava favorire aziende agricole che promuovessero le energie alternative e le cure naturali,nonchè una produzione meno industrializzata e più vicina alla natura.

Anche in tal caso sarebbe stato molto importante il supporto dei mass media.

Vi sarebbe stata una lotta senza quartiere contro la corruzione,la delinquenza , le oscenità e la violenza che aveva rovinato la fibra morale del popolo

Legge e ordine:questo sarebbe stato il loro motto.

Molte cose sarebbero cambiate nell'amministrazione della giustizia,nella pubblica amministrazione, nel governo e nella stessa costituzione.

Nel frattempo si sarebbe sempre più rafforzata e intensificata la rete di controllo del colpo di stato "Questo richiederà tempo,molto tempo -disse-

ma il piano deve essere studiato e applicato nei minimi particolari,se si vuole che abbia qualche possibilità di riuscita.

"E' inutile dire-concluse il Condò-che le nostre stesse vite e il nostro futuro sono in gioco".

Dopo questa esposizione sommaria,il Condò aprì la discussione.

In linea di massima il piano piacque e fu accettato dai presenti.

C'erano naturalmente le richieste di chiarimenti e approfondimenti.

Ad alcune domande rispose il Condò,ad altre invitò i presenti ad essere pazienti.

Bisognava agire per ordine e gradualità.

Per prima cosa si doveva pensare al reperimento dei fondi.

A questo punto intervenne Maurizio:"

Ho io ciò che ci serve.

Un mio cliente,il dott. Francisci,evade il fisco per centinaia di milioni di Euro ed in più esporta il denaro in Svizzera o nei paradisi fiscali.

E' un porco avido ed egoista che sfrutta i propri dipendenti:li tiene in nero e non paga i contributi. Sono tutti precari.

Ha uno yacht e ville,ha conoscenze importanti in alto che sa oliare adeguatamente con sontuose tangenti:prospera di corruzione e malaffare.

E' la persona perfetta da colpire e spogliare..

Manda regolarmente in Svizzera denaro:si serve di varie auto e di uomini fidati ed armati sino ai denti..Le auto sono state adattate per nascondere il denaro,lingotti d'oro ed altri valori:
anche quadri ed opere d'arte.

La prossima settimana parte un carico:si può intercettare.

Sarebbe un modo semplice per iniziare a impinguare le nostre casse.

Non potrebbero neppure sporgere denuncia.

"Si può fare-disse il Condò-ma a questo punto dobbiamo incontrarci con la centrale operativa del colpo di stato.

E' formata da rappresentanti delle varie armi.

Vi avvertirò quando l'incontro sarà organizzato.

"La centrale operativa" era formata dal generale Santapaola,persona di carisma e grande autorità,accompagnato dal colonnello Alberto Alberti e dal generale Vitale, dal colonnello
Saverio Mulè:tutti uomini molto esperti e determinati rappresentanti sia dell'arma dei Carabinieri che della Guardia di Finanza.

Si conobbero e determinarono l'operatività dell'azione,

"Di questa operazione ci occuperemo io e Santapaola con le nostre squadre"-disse il Vitale,e naturalmente con il Condò,che sarà sempre il nostro rappresentante e referente.

"Con il ricavato-disse il Santapaola -si potrà provvedere all'acquisto di una villa adatta alle nostre operazioni e sicura,come base delle nostre riunioni e come deposito".

Vi comunicherò il giorno e l'ora-disse loro Maurizio Schifani-nonchè i dati dell'auto e il percorso affinchè possiate organizzare l'operazione.

Una volta terminata l'operazione tutto:armi e ricavato del colpo e mezzi operativi sarebbero stati occultati in un grande magazzino periferico,isolato,di proprietà del Santapaola

Prima di lasciarsi il Condò ricordò a tutti che ormai il dado era stato tratto e ritirarsi o tradire la causa comune avrebbe significato la morte.

Avrebbero dovuto non farsi mai vedere insieme.Se fosse stato necessario comunicare tra loro-si erano scambiati i numeri di cellulare-non avrebbero mai dovuto accennare all'operazione o al loro progetto:vi erano le intercettazioni.

Dovevano continuare la loro vita normale,con le stesse frequentazioni di sempre e,soprattutto,con lo stesso tenore di vita.

Il cassiere sarebbe stato Maurizio,il commercialista,che avrebbe depositato il denaro su un conto estero anonimo,da cui poter attingere in sicurezza.

Non c'era difficoltà per lui aprirne uno alle Bahamas.

Santapaola e Vitale per quell'operazione disposero che fossero in otto:

Quattro della Guardia di Finanza:Vitale,Mulè,Di Donato,e Sanvito e quattro carabinieri:Santapaola , Alberti,Rossi e Moschin.

L'operazione sarebbe stata guidata dal Santapaola.

I due gruppi giunscro sul posto in divisa su un'auto dei carabinieri e una delle Guardie di Finanza.

Si trovavano in una strada poco frequentata,in piena campagna.

Santapaola diede le disposizioni:"

io ,Rossi,Vitale e Di Donato resteremo nascosti dietro quel cespuglio-lo indicò-interverremo solo se ci sarà bisogno.

Alberti,Moschin,Mulè e Sanvito con le mitragliette in mano organizzeranno un posto di blocco.

Si posizioneranno due con un'auto da una parte e due con l'altra auto dalla parte opposta.

Bloccherete solo la Mercedes che ci interessa.

Appena si ferma al vostro ordine,tirate sul viso i passamontagna e portate i passeggeri dove siamo noi.Ordini decisi,precisi e poche parole..al resto penseremo noi.

Alberti prenderà la guida della Mercedes e la porterà nel deposito .Voi quattro viaggerete insieme.

Noi vi raggiungeremo poi".

L'operazione incominciò:

Erano militari esperti e sapevano cosa e come farlo.Non avevano paura;forse erano un po'
eccitati per l'inizio di un'operazione che,sapevano,li avrebbero portati lontano.

Con le palette segnaletiche fecero passare le poche macchine che circolavano.

"Eccola".gridò Moschin.

Segnalarono all'auto di fermarsi.

A bordo c'erano due uomini:due brutti ceffi che dovevano essere armati,come la loro esperienza
suggeriva.

Alberti chiese i documenti;mentre l'autista li stava tirando fuori,Mulè e Sanvito che intanto si erano
portati sull'altra portiera,col passamontagna sul viso e le armi spianate,intimarono con voce ferma e
minacciosa di alzare le mani.

"E' un'imboscata"gridò l'uomo al volante,mentre tentava di accendere il motore.

L'altro tentò di estrarre le armi,ma a quel punto Alberti trascinò il guidatore con forza fuori
dall'abitacolo e lo sbattè a terra;gli altri,aperte le porte,con le armi spianate,gridarono:"
Niente scherzi ragazzi o spariamo".

Gli uomini all'inteno dell'auto capirono di avere a che fare con gente determinata ed
esperta:alzarono quindi le mani.

Vennero portati dietro la grande siepe,legati e con della carta gommata resistente e larga tapparono
la loro bocca.

Come deciso,Alberti e i tre colleghi saltarono a bordo della Mercedes senza un commento e
partirono a razzo.

Gli altri se ne andarono con le altre due auto,naturalmente non di servizio,ma magnificamente
truccate e attrezzate.

Si trovarono tutti nell'enorme deposito allo scopo adibito un'ora dopo circa.

La Mercedes fu praticamente smontata pezzo su pezzo;ne uscirono fuori sterline ,monete d'oro di
ogni genere,lingotti d'oro da un chilo e una quantità di Euro e dollari:insomma molti milioni di
Euro.

Vi fu un lungo e forte "Hurrah",seguito da un brindisi a base di spumante italiano di buona
qualità.

L'avventura era incominciata sotto i migliori auspici.

Ora bisognava stabilire come utilizzare quella ricchezza.

Si decise che due milioni di Euro sarebbero stati consegnati a Maurizio,esperto commercialista,il
quale avrebbe poi provveduto ad acquistare una villa sicura ed isolata,adatta alla loro
attività,intestata a qualche società estera fittizia.Lui sapeva cosa fare.

Un altro milione sarebbe stato consegnato al Santapaola per le spese organizzative e per l'acquisto
di armi e strumenti necessari per i loro scopi.

Infine 1 milione sarebbe andato a Marco,Pino,Clara Susanna per sviluppare la parte pubblicitaria
e informativa della loro operazione.

Dovevano far capire alla gente che c'era un "Robin Hood" che si interessava dei loro problemi

Agli altri milioni ci avrebbe pensato Maurizio,mettendolo su un conto numerato anonimo alle
Bahamas.

E così la grande avventura stava decollando.

Stranamente ai militari non sembrava fare un grande effetto;erano contenti,ma erano stati addestrati
a controllare le loro emozioni.

Inoltre era solo un piccolo inizio che avrebbe portato lontano..dove? Solo loro lo conoscevano...

I civili,chiamamoli così,erano invece felici,eccitati e spaventati e ansiosi.

Dove li avrebbe portato tutto questo?Quanto sarebbe durato?

Sarebbe davvero stato un aiuto per gli sfruttati e i più deboli?

Erano davvero dei Robin Hood o invece dei semplici briganti?

E se ci fossero stati dei morti o feriti?

Niente poteva escluderlo.

"Ora non era il tempo di avere titubanze.si dissero.

Dovevano pensare a come il mondo aveva triturato Francesca e Maria,e con loro tanti altri,costretti al suicidio,annientati.

Era tempo di agire,di pensare a come utilizzare il denaro per la loro causa,come alleviare sofferenze,come colpire i malvagi,come ristabilire almeno un po' di giustizia.

E poi?

"Poi sarà quello che sarà.

Almeno avremo vissuto una vera vita,degna di questo nome,non avremo semplicemente vegetato,come tanti altri giovani.

Cap. 4

Il giorno dopo i media riportarono una notiziola a cui non si dava troppa importanza:due uomini erano stati trovati in campagna legati ma incolumi.

Dicevano di essere stati aggrediti da una banda di delinquenti vestiti da agenti e con auto della Guardia di Finanza e della Polizia.

Avevano portato via la loro Mercedes e null'altro.

I due avevano precedenti penali e la polizia era convinta che avevano ben altro da spifferare:erano in corso accertamenti.

I quattro amici passarono i giorni seguenti eccitati:il piano aveva funzionato.

Bisognava ora passare alla seconda fase:distribuire il denaro e dare impulso al progetto.

A chi avrebbero dato i soldi?

Marco pensò subito alle dieci famiglie di operai del padre.

Il pericolo era che avrebbero potuto facilmente collegarli a loro.

Marco allora pensò di cooptare nella loro impresa Dino,un operaio della fabbrica di 35 anni,più un amico che un operaio,che era rimasto profondamente colpito da quanto accaduto ai proprietari.

Aveva pronunciato frasi minacciose verso le istituzioni ed era sempre stato di ideee anarcoidi.

Era fidato,determinato,duro;in più era un ottimo meccanico e carrozziere,proprio quello che serviva a loro.

Marco e Pino gli parlarono con prudenza,sondando il terreno.

"Pensi sia giusto quello che è accaduto a Francesco e Maria?"

"Giusto?Se dipendesse da me farei saltare tutto in aria prima che salti da solo.

Perchè fra poco salterà tutto in aria,volente o nolente.Non ho voglia di vivere in un mondo così,dove i ladri,i corrotti,gli sfruttatori si arricchiscono e se la godono col beneplacito delle istituzioni.

Siamo noi,noi che lavoriamo onestamente,i pensionati,la povera gente a sovvenzionare i loro vizi,le loro ruberie..

Ma deve finire..oh,se finirà!

Io e con me tanti altri non tolleriamo più questa situazione e vogliamo agire e agiremo.

Ci sono padri che a 50 anni sono rimasti per strada e non sanno come sfamare i figli o farli studiare.

E ci chiedono ancora sacrifici mentre loro se la godono?

No,non andrà avanti così ,ve lo dico io.Faremo la rivoluzione,a costo di far saltare tutto in aria.

Marco e Pino gli spiegarono che loro la rivoluzione la stavano già facendo,

Tralasciando la parte sostenuta dai militari,gli spiegarono a grandi tratti cosa avevano intenzione di fare e gli chiesero la sua collaborazione:avrebbe solo saputo ciò che loro ritenevano necessario e fare fedelmente ciò che gli avrebbero chiesto,mantenendo il massimo riserbo con tutti.

Nessuno,ma proprio nessuno doveva sapere.

Era d'accordo?

Ma chiaro che era d'accordo.Lui era disposto ad andare nel fuoco per loro;soprattutto per Francesco,che l'aveva accolto in fabbrica quando nessuno lo voleva per le sue idee anarcoidi e il suo abbigliamento.

L'aveva trattato come un figlio.

E poi...poi era una cosa che andava fatta.

Questo mondo o cambiava o saltava.Marco allora gli consegnò 100.000 Euro per lui e altri 900.000 Euro per gli altri 9 operai della fabbrica del padre.Ma non dovevano parlare per nessun motivo ,nemmeno con i familiari.Dino fu invitato,sollecitato a dare il denaro solo agli operai che era sicuro che avrebbero mantenuto il silenzio.Andava di mezzo la vita di chi glieli dava.

Dovevano assolutamente spenderli senza ostentazione e con parsimonia affinchè gli altri non capissero e li denunciassero.

D'altro canto ,se avessero parlato,la polizia avrebbe sequestrato il denaro e li avrebbe coinvolti nel progetto.

E così 900 euro erano già stati piazzati.Ora bisognava pensare a piazzare gli altri.

Attraverso i giornali avevano conosciuto operai e situazioni veramente drammatiche.

Dopo molte ricerche erano risaliti ai loro nomi e Clara e Susanna andarono personalente a mettere la busta con i soldi casa per casa,attente a non farsi vedere e far sorgere sospetti.

In ogni busta c'era anche una lettera che conteneva le usuali raccomandazioni

Non ci volle molto per esaurire i due milioni di Euro da distribuire.

Si sentivano orgogliose ,delle benefattrici,liete di collaborare con Robin Hood.

Restava ora da far pervenire una lettera ai mass-media più rappresentativi.

A questo avrebbero pensato Marco e Pino.

Erano entrambi dei professionisti,ingegnere l'uno e informatico l'altro.

Erano straordinariamente abili nel loro campo,in particolae Pino che era un vero e proprio genio informatico:avrebbe potuto diventare un haker e a breve lo sarebbe diventato davvero.

Questa era la lettera inoltrata ai media:"

Viviamo in un mondo di avidi e malvagi,che sfruttano la gente onesta e povera,arricchendosi alle loro spalle e sulle loro sofferenze.

L'evasione fiscale supera i 100 miliardi di Euro,la corruzione i 60 miliardi.il debito pubblico i 1900 miliardi e cresce sempre più,nonostante le manovre del governo che colpiscono sempre i più deboli.

Il debito viene fatto pagare da chi non l'ha provocato e così i poveri diventano sempre più poveri e oppressi.

La ricchezza è posseduta da una parte sempre più piccola della società,il 10%;

la stragrande maggioranza delle persone,il 90% è sempre più povera.Anche la classe media sta scivolando verso l'indigenza.

I giovani non hanno futuro e chi perde il lavoro a 50 anni non ha speranze di trovarne un altro.

La povera gente è ridotta alla disperazione.

Lo stato,invece di togliere ai ricchi il superfluo,per dare ai poveri,toglie ai poveri per dare ai ricchi,ai corrotti,alle banche,alle finanziarie.

E questo avviene con la complicità della classe politica e dei sindacati.

E' ora di dire Basta! Siamo stufi!Deve finire!

Ricordate:noi siamo il 90% loro sono il 10%.

Se lo Stato non provvede al 90%,il 90% si prenderà da solo ciò che gli spetta.

Robin Hood prendeva ai ricchi per dare ai poveri.

Noi facciamo lo stesso.

Restituiremo agli sfruttati,ai diseredati ciò che a loro compete.

Toglieremo agli sfruttatori ciò che hanno rubato al popolo.

Robin Hood

I quattro amici si ritrovarono a casa di Clara il giorno dopo.

"Allora che cosa dicono i media"-chiese Marco-

"Per quanto riguarda la Mercedes quasi niente-rispose Pino-

La polizia sta facendo indagini ed è perplessa del silenzio delle due persone aggredite.

Per quanto riguarda la nostra lettera pochi media ne hanno parlato,nelle pagine interne dedicando poche righe di commento.

Pensano che sia una ragazzata,una goliardata o poco di più.

Qualche giornalista più accorto ha però lanciato un allarme:"Stiamo attenti, le goliardate di oggi possono diventare i problemi di domani.E se non fosse solo una goliardata stupida e avventata?"

Ma non c'è molto altro"-concluse Pino-

"E allora diamoci da fare -insistè Marco-deve diventare uno tsunami che travolgerà tutti.

E' ora di far vedere che facciamo sul serio.

Scriveremo una lettera ai media più influenti e letti collegando l'aggressione alla Mercedes alla nostra lettera.

Tu Pino sei l'esperto in informatica:
Scriverai la lettera in modo che non possano risalire a noi.Non debbo certo dirti io come farai.
Nelle e-mail che farai direi di indicare il nome del Francisci,il perchè dell'aggressione e perchè
gli aggrediti tacciono".
Pino spedì le seguenti e-mail:"

Abbiamo già iniziato la nostra attività di "solidarietà sociale"
Chiedete al dott. Francisci di Ravenna dei 6 milioni di Euro che stava facendo trasportare in
Svizzera con la sua Mercedes.
La Polizia non brancolerà più nel buio e voi avrete le idee un pò più chiare.
Parte del denaro è già stato distribuito alle persone a cui era giusto che andase.
E questo è solo l'inizio!

Robinj Hood

"Perfetta "-dissero tutti- "E ora vediamo che succede".

Fu una bomba atomica.
Tutti i giornali e i telegiornali ne parlarono, ne parlarono con toni allarmati.
La Polizia corse a prelevare il dott Francisci,noto commerciante di preziosi di Ravenna.
Alle trasmissioni furono invitati "esperti",psichiatri,sociologi,criminologi.
Le interviste e le ipotesi sui giornali si sprecavano.
Tutti ora erano d'accordo su un punto:
non era una goliardata,era una cosa molto seria e pericolosa per la stabilità sociale.
Gli psichiatri per lo più sottolinearono che il mito di Robin Hood era molto radicato nell'io e,
specialmente nella situazione sociale ed economica attuale,poteva avere effetti dirompenti,se il
fenomeno veniva sottovalutato"
"La società-sottolineò un sociologo-sentiva che c'era una profonda e diffusa ingiustizia:si sentiva
sfruttata,derubata e non protetta dallo stato.
Anzi era proprio lo Stato,che con i suoi provvedimenti,difendava i forti e ,marcio,si faceva
corrompere e guidare dagli sfruttatori.
I pensionati,gli operai,la classe media gli insegnanti ,i disoccupati si sentivano sfruttati dallo stato:
era una rabbia che stava montando.
La sentivano nelle viscere,ma prima o poi,se non si provvedeva,sarebbe esplosa incontenibile.
Attenzione-conclude-il popolo ha sempre amato i Robin Hood".
I criminologi sottolineavano per lo più che questo non era un fenomeno criminale usuale.
Gli autori erano sì criminali,perchè i loro erano a tutti gli effetti atti criminali a danno della società
costituita.
Però veniva percepita come un atto di giustizia.
Essi ,almeno così dicevano,non li commettevano per arricchirsi loro,ma per uno scopo ideale.
Essi dicevano di voler raggiungere un'equità sociale nella spartizione della ricchezza collettiva;
essi pensavano che questa equità andasse ripristinata con la violenza,non avendo motivo di credere
che lo Stato lo avrebbe fatto,pacificamente.
Perciò il popolo,sbagliando,poteva provare simpatia per persone che cercavano,anche illudendosi,di
raggiungere le mete che essi sentivano giuste,che essi condividevano.
La Polizia pensava che fosse un'organizzazione molto ramificata,organizzata,composta da gente
molto intelligente,di cultura superiore e con una preparazione specializzata.
Non poteva essere sottovalutata.
Bisognava impedire ehe avesse l'appoggio,anche solo morale,dei ceti in difficoltà.
Gli ecclesiastici parlarono del bisogno di amarsi,di superare i dissidi sociali,di andare incontro

alle esigenze dei poveri.

Ma guai alla violenza,alla rivolta sociale!

Bisognava capire le motivazioni,fare la carità,prendersi cura dei deboli.

Furono intervistate anche le persone per strada.

In molti,gli anziani c'era avversione,paura del futuro e dell'ignoto.

Altri,i poveri,i giovani disoccupati,molti operai e anche molti della classe media che stava scivolando nella povertà si espressero quasi con adesione:"

Era ora che qualcuno facesse qualcosa di concreto :basta alle chiacchiere.Parole,tante parole..solo parole..e poi?"

Qualcun altro sostenne che sì,era sbagliato,però era un segnale di qualcosa che bolliva nel profondo della società;non si doveva sottovalutare.

Altri ancora pensavano che la polizia doveva intervenire con vigore e prontezza ed estirpare questo fenomeno delinquenziale prima che facesse molto danno.

Le persone che avevano ricevuto il denaro capirono tutto.

Si affrettarono a nascondere il denaro e stettero zitte.Non volevano che la Polizia glielo portasse via ed erano grate a quell'organizzazione che era andata incontro alle loro angoscie.

Le forze dell'ordine fecero degli appelli affinchè chi avesse ricevuto del denaro si facesse avanti e lo consegnasse.

Non avrebbero avuto nessuna conseguenza e avrebbero dimostrato di essere buoni cittadini,concorrendo ad estirpare quella cancrena prima che divorasse il corpo dello Stato.

Non ci pensavano proprio e nessuno si presentò.

Anzi,qualcuno che aveva perso il lavoro e aveva figli da mantenere avrebbe volentieri fatto parte di quell'organizzazione.

Molti non solo l'approvavano,ma già pensavano a come imitarla.

Cap. 5

I Carabieri e la Guardia di Finanza collaboravano strettamente sul caso

Il Ministro dell'Interno sollecitava indagini rapide ed efficaci: era in gioco il loro prestigio.

Il fenomeno era pericoloso e poteva diffondersi rapidamente come un fuoco in un campo di grano maturo.

Insisteva:"Rapidità ed efficacia!".

Il caso fu affidato al Santapaola che chiese e ottenne la collaborazione del colonnello Vitale della Guardia della Finanza.

Erano molto rispettati nelle rispettive armi:sembravano i pù qualificati.

Prima di tutto.fu prelevato e interrogato il Francisci.

"Era vero che la Mercedes era proprio la sua e che trasportava un valore di quasi sei milioni di Euro?"

Il Francisci,assistito dai suoi avvocati,.rispose che era vero solo in parte.

"Da dove avrei potuto prendere tutti quei soldi?

Ricordatevi che sono un semplice gioielliere.Sì.forse potevano essere un centomila Euro,ma non di più".

Santapaola lo incalzò:"

Allora i delinquenti che l'hanno derubato mentono?E perchè lo farebbero,che interesse hanno?"

Francisci:"

Io non lo so.Forse sono mitomani e vogliono darsi importanza,fare scalpore. E mi sembra che ci siano riusciti.

Voglio ricordarvi che non sono io il delinquente".

Vitale:"

Questo è tutto da dimostrare.Una cosa è certa che trasportava all'estero illegalmente del denaro.

Poi c'è da verificare tutta la sua contabilità e la sua attività.

Abbiamo ottenuto dai magistrati tutte le autorizzazioni necessarie.

E poi,forse lei non lo sa,ma noi la stavamo già controllando.

La sua attività era fortemente sospetta.

Da alcune intercettazioni siamo venuti a conoscere che la malavita poteva far conto su di lei per l'acquisto di refurtiva,lei è un ricettatore:gioielli,ma anche opere d'arte.

Inoltre ai suoi festini,noti alle cronache mondane, partecipavano uomini politici e del "bel mondo".

Ci risulta che ci fossero vere e proprie orge con la partecipazione di Escort e la presenza di droga.

Insomma non si faceva mancare nulla".

Francisci:"

Non è vero ,è tutto da provare;erano feste innocenti a cui partecipava la crema della società.

E poi appartengono alla mia vita privata.

A casa mia faccio quello che voglio,purchè sia legale.

Non è vero avvocato?Parli anche lei ,la pago per questo".

"In effetti non avete nulla in mano-confermò l'avvocato-

Di cosa potete accusare il mio cliente? Di esportazione di 100.000 Euro..tutto qui..In quanto al resto non avete prove.E' solo un castello di carte.

Altrimenti sareste intervenuti prima;dove sono le prove,i testimoni,le evidenze? Non avete niente.

L'attività del mio cliente è limpida.

Sì,qualche vizietto privato,innocente..Ma oggi chi se ne priva nella classe bene?

Mi sembra che abbiamo molti esempi,anche di uomini politici di importanza internazionale e non mi sembra che nei loro confronti siate riusciti a fare molto,non è vero?".

Era proprio vero ed era proprio questo che irritava terribilmente il Santapaola e il Vitale:

la loro impotenza contro il malaffare,l'immondizia morale.

Avevano le mani legate.

Quante inchieste avevano fatte,quante intercettazioni,interrogatori,testimoni,prove avevano portato!

E..poi? Poi nulla o quasi.I testimoni venivano comprati o minacciati,le leggi cambiate a posteriori,per adattarle alle necessità giudiziarie di questo o quel politico..

Poi ci pensavano gli azzeccagarbugli a tirare per le lunghe i processi,fino alla prescrizione.

Si spendevano tanti soldi della comunità per così poco.

Questo sì, era frustante.

Le carceri erano piene di delinquenti comuni,disgraziati senza difesa o quasi.

Ma quelli che succhiano il sangue del popolo,che creavano uno dei debiti pubblici più alti del mondo,che vincevano gli appalti truccati,che in cambio di favori, intascavano tangenti milionarie non erano in prigione.Si godevano la vita tra escort,yacht,ville e bische.

Sia Vitale che Santapaola si sentivano torcere le viscere.

E forse il peggio non era nemmeno questo;era il messaggio che lanciavano al popolo,alla gente comune:"

essere disonesti è rimunerativo.è l'unico modo per raggiungere la notorietà,senza avere le qualità necessarie,la ricchezza e la felicità in poco tempo,di godere della stima degli altri:sì perchè questa gentaglia è anche onorata ed apprezzata:"Che furbi,come se la godono alle spalle degli altri. Impuniti o quasi".

Questi sono i modelli che la nostra società offre.

E si raccoglie quello che si semina:corruzione,immoralità dilagante,ingiustizia,violenza.

Viene seminata a grandi manciate da tutti i mezzi di informazione,dai mass-media.dagli spettacoli: cosa si vuole allora pretendere?

La forza pubblica,i magistrati? Anche tra loro si era annidato il male.

E' vero ogni tanto c'erano gli eroi: i Dalla Chiesa,i Borsellino,i Falcone...

Ma il male prevaleva,veniva travolto dallo Tsumani del male.

Il male stava trionfando:

questa era la triste realtà-pensavano Santapaola e Vitale-

Ma le cose dovevano cambiare,non potevano continuare così.

Quando entrarono nell'arma non era questo il loro ideale.

Ora,era per questo che stavano creando questa organizzazione.

Ci avrebbero pensato loro a fare giustizia.No,non con le leggi,i processi ridicoli ed inutili.

Avrebbero fatto giustizia vera,la loro giustizia:rapida,sicura,che avrebbe raggiunto il male alle radici,riparato per quanto possibile le tante ingiustizie.

Avrebbero usato le stesse armi dei malvagi,ma per uno scopo nobile.

Ed ora eccolo qua uno dei furbi.

Aveva già pagato un po';troppo poco però.

Ora gli avrebbero fatto pagare tutto.

Ma come,quanto e quando lo avrebbero stabilito loro.

Maurizio era il suo commercialista di fiducia,conosceva molto dei suoi loschi traffici.

Loro se ne sarebbero servito.

Era già in atto un perquisizione nella sontuosa villa in periferia del Francisci.

Alla perquisizione parteciparono anche Marco e Pino:erano tecnici esperti in campo informatico e conoscevano anche i mezzi di protezione elettronica.Lavorarono insieme agli uomini di Santapaola.

Misero la villa a soqquadro,fotografarono tutto,esaminarono accuratamente,presero appunti.

Alla fine ebbero le informazioni necessarie per eludere ogni mezzo di protezione.

Sapevano dov'era la cassaforte:l'aprirono e presero tutto quello che c'era:denaro liquido:tanto; titoli e soprattutto una documentazione molto interessante: rapporti con banche estere,conti correnti cifrati,varie droghe e ,dulcis in fundo,veri e propri capolavori artistici:quadri ,statue sottratti a musei e privati da tanto tempo.Oro,brillanti,pezzi rari antichi.

Non si era fatto mancare nulla.

Il Francisci era chiaramente un ricettatore:come avrebbe giustificato tutta quella ricchezza?

C'era materiale per mandarlo in galera per molti anni.

Ma loro non volevano metterlo nelle mani della giustizia ordinaria.

Avrebbero applicato la loro giustizia.

Dichiararono solo parte di quel bottino,quella più compromettente:le opere d'arte trafugate e scomparse.

Non denunciarono neanche una nicchia segreta trovata in giardino e protetta elettronicamente.

Ci avrebbero pensato dopo loro.

La villa fu sequestrata

La magistratura emise il provvedimento restrittivo della sua libertà.

Mentre il Francisci e i suoi uomini erano in prigione Marco,Pino,Paolo,Sanvito,Di Donato,Mulè,Alberti,Rossi e Moschin fecero una visita a casa sua.

Non fu difficile per loro,dopo la perquisizione fatta nei giorni precedenti,con le informazioni che si erano procurati e la loro abilità,disattivare tutti i sistemi di protezione e d'allarme.

Quindi ,in poco tempo riuscirono ad aprire la botola e ad accedere al tesoro.

E di tesoro si poteva parlare:milioni di denaro in valuta di vari paesi,oltre a lingotti d'oro e gioielli, frutto di refurtive.

Misero tutto nel camion che avevano acquistato e camuffato con targhe false e una pellicola di plastica adesiva che poteva cambiarne colore e caratteristiche.

Quindi via,di corsa al solito garage.

Furono naturalmente cancellate tutte le impronte del loro passaggio.

Questa era la giustizia,la loro giustizia.

Che la giustizia ordinaria facesse il suo corso,con i suoi tempi e le sue regole!

Il Francisci non avrebbe mai più dimenticato quei giorni.

Neppure avrebbe mai potuto denunciare il furto subito.

La sua situazione si sarebbe aggravata e in più non avrebbe comunque più visto la sua ricchezza che sarebbe stata sequestrata.Avrebbe dovuto dare troppe risposte!

Quando furono soli,Santapaola e Vitale,inebriati da quel successo,si dissero di dover fare di più,molto di più.Se volevano salvare il paese la loro azione doveva allargarsi a tutta la nazione,bisognava formare nuovi gruppi sotto il loro controllo.

Dovevano impossessarsi del potere.Un colpo di stato?

E perchè no?

C'erano le condizioni sociali e politiche ideali.C'era tanta rabbia e impotenza nella gente,tanta richiesta di giustizia vera.

Era un urlo silenzioso che si levava dalla mente e dal cuore del popolo.

Ci voleva una nuova giustizia che eliminasse il male,andasse a fondo,ci voleva un'operazione chirurgica.

Ad esempio che senso aveva la presunzione di innocenza fino al terzo grado,quando poi arrivava la prescrizione a cancellare tutto?Dopo una condanna di primo grado non poteva continuare a sussistere la presunzione di innocenza.

Avrebbe dovuto nascere la presunzione di colpevolezza fino a prova contraria.

E la prescizione doveva essere interrotta subito dopo l'inizio dell'azione penale;le pene dovevano scontarsi subito dopo la prima condanna.

Bastavano questi pochi provvedimenti,non costosi,per cambiare profondamente la giustizia italiana e dare autorevolezza allo stato.

Ma questi governanti deboli e inconcludenti non li avrebbero mai approvati quei provvedimenti; temevano che potessero applicarsi anche a loro,di perdere le immunità.

Bisognava cambiare i governanti,!

Dovevano governare loro...

Ah sì,allora le cose sarebbero andate meglio.

E più ne parlavano,più si esaltavano.

Il colpo di stato,la presa del potere! Ecco,quella era la soluzione.

Naturalmente al vertice sarebbero stati loro:Santapaola e Vitale.

Dovevano organizzare per il momento solo loro due,dovevano gestire la cosa con estrema prudenza e oculatezza per stabilire quando,come e dove agire.I ragazzi,idealisti e ingenui dovevano restare all'oscuro dei particolari e dei loro fini ultimi.

Avevano grandi capacità e loro se ne sarebbero servito.

Intanto occorreva creare in Italia una rete di militari pronti a tutto.

Ne conoscevano tanti in tutti i gradi e le armi che manifestavano più o meno apertamente con loro il loro disagio a servire dei governanti inetti.

I soldi furono mandati alla solita Banca alle Bahamas.

Sarebbero serviti ad organizzare il loro piano e a creare un clima sempre più favorevole al colpo di stato.

A questo punto ci voleva la collaborazione anche dei servizi segreti

Il Santapaola era già in contatto con alcuni di loro.

Ma ogni cosa andava fatta dopo profonda meditazione e al tempo giusto.

Cap. 6

Dopo questa operazione i militari tennero una seduta segreta tra loro;ad essa non parteciparono i civili.

Il Santapaola espresse la sua idea :"

E' arrivato il momento di organizzarci e porre le basi per un'operazione più ambiziosa.

Controllare e conquistare il potere.Solo così potremo sanificare l'ambiente morale di questo paese ed eliminare la corruzione e l'inefficienza che lo stanno distruggendo.

Prima di tutto bisogna ora emarginare i giovani civili:utilizzarli per le loro competenze,ma tenerli completamente all'oscuro dei nostri progetti.

Essi parteciperanno solo ad azioni da noi stabilite per il cui successo sarò necessario attingere alle loro capacità

Intanto le ricchezze accumulate debbono passare nella nostra disponibilità;nostri esperti in campo bancario internazionale diventeranno intestatari dei conti correnti nuovi.

Naturalmente una parte dei fondi sarà lasciata nella disponibilità dei giovani per il loro contributo sinora prestato.

Per loro ho in mente altri compiti essenziali alla riuscita del colpo di stato.

Innanzi tutto intendo creare una banca etica:una banca cioè che possa finanziare progetti utili alla nazione,che offrono possibilità di aumentare l'occupazione e la produzione e di dare un nuovo sviluppo alla nostra economia:

Prima del colpo di stato dobbiamo dimostrare che c'è un'altra via allo sviluppo economico e sociale.

I fondi saranno dati a interessi ragionevoli e nella restituzione si terrà conto anche delle difficoltà che le nuove imprese incontreranno per affermarsi.

I fondi di queste banche:utilizzeremo quelli sin ora acquisiti,e quelli che deriveranno da altri "colpi".

I giovani hanno in mente di vendicarsi della banca che ha portato il padre di Marco al suicidio: Noi l'asseconderemo.

Conosco banchieri,già da me contattati,che sarebbero disposti a mettere le loro competenze a servizio di questo progetto.

Le imprese che finanzieremo dovranno sviluppare e utilizzare l'energia alternativa e attuare le linee della green economy.

Prima del colpo di stato dovremo dimostrare al popolo che questa nuova economia può funzionare e risolvere o migliorare i problemi della nostra società ,compresi quelli della disoccupazione giovanile.

Nel frattempo intensificheremo la collaborazione con i servizi speciali per creare il terreno adatto al sollevamento popolare.

Vi chiedo di concedermi fiducia:sarete informati del progresso del progetto passo per passo;le decisioni più importanti le prenderemo insieme,Per il resto lasciatemi uno spazio operativo sulla fiducia per rendere flessibile e adattabile il mio operato.

Come è accaduto sinora,mi servirò dell'assistenza del colonnello Vitale.

Tutti voi intanto farete opera di proselitismo tra i militari :discretamente e senza esporsi.

Sarà utile sapere chi possiamo coinvolgere nel nostro progetto.

Le proposte vennero accettate.

Il Santapaola convocò i giovani ed espose loro questo progetto:"

Voi vi siete già compromessi troppo .Non è compito vostro entrare nelle azioni militari;lasciamo che questo lavoro sia fatto dai militari.

Espose quindi il suo progetto per loro,che essi accettarono con entusiasmo,sollevati di non aver a che fare con armi e colpi di stato.

Piaceva loro molto anche l'idea di una banca etica e del loro impiego nella green economy.

Si dissero disposti a collaborare.

Il Santapaola espose anche loro la necessità che i fondi passassero nella diponibilità dei militari: avrebbe lui indicato poi i nomi dei militari che avrebbero preso in mano la parte economica del progetto.

Naturalmente una quota ragionevole sarebbe restata nella loro disponibilità per attuare i loro progetti,stabiliti in collaborazione con i militari.

Li entusiasmò il progetto di una banca etica.

Le banche erano responsabili della distribuzione dei titoli spazzatura americani,di aver collocato i titoli Parmalat e Cirio,di aver finanziato i corrotti e i profitttatori .

Molti di loro facevano parte dei consigli di amministrazione con compensi milionari e liquidazioni miliardarie,e ora con i portafogli pieni di titoli spazzature e di crediti fatti ad amici e compagni di partito o della Massoneria,diventati inesigibili,venivano finanziati dallo stato per evitare il loro fallimento.

E chi pagava? Erano i soliti "pantalone":pensionati,operai,la povera gente per lo più.

Non c'erano liquidi per i mutui casa dei giovani,per le piccole imprese in difficoltà,

Per i finanzieri e amici ce n'erano sempre.

E i controlli sui soldi sporchi che venivano sciacquati da banche compiacenti e non controllate da chi avrebbe dovuto?

E la Banca Vaticana ,lo Ior,era forse migliore?

Sì,una banca etica era quello che ci voleva.

Come di un nuovo sistema di sviluppo.

Parleremo più da vicino ora di come si formarono e svilupparono quei progetti e di come furono utilizzati dai militari per promuovere il colpo di stato.

Cap. 7

La banca etica doveva avere lo scopo principale di incoraggiare e sviluppare tecnologie che promuovessero la green energy.

Essendo l'Italia priva o quasi di materie prime,i militari volevano utilizzare il sole ,che certamente in Italia non mancava.

Un progetto ,fra i tanti che chiesero finanziamenti fu quello di una coppia di Trieste Luca e Debora Priamo,entrambi sulla quarantina,che dopo aver lavorato nelle ambasciate e aver girato il mondo,come alti funzionari,dopo alcune esperienze drammatiche avevano deciso di lasciare e di inziare una nuova attività in un campo dove potevano essere utili allo stato e ai disoccupati.

Erano attratti dalla green economy,anche perchè i problemi climatici e ambientali crescevano in modo esponenziale e veloce,mettendo in pericolo il futuro dell'umanità-

Ma come fare?

Soldi ne avevano abbastanza,ma non sicuramente a sufficienza;avevano bisogno di soci e di esperti in materia.

Incominciarono a studiare,a fare ricerche in materia ,anche attraverso internet e giornali specializzati.

Alla fine una notizia attirò la loro attenzione.

C'era una ditta :la Green Energy che faceva profitto,era attiva,ma i titolari volevano delocalizzare perchè lo stato in cui volevano trasferirla offriva agevolazioni fiscali,poca burocrazia e lavoro sottopagato.

Era da tempo che i lavoratori si opponevano alla chiusura.

I sindacati e le autorità si opponevano alle decisioni dei proprietari,che avevano anche goduto di incentivi pubblici.

C'erano poi un mucchio di famiglie che sarebbero restate per strada.

Andava assolutamente trovata una soluzione.

Il personale,in particolare i tecnici erano molto preparati e all'avanguardia.

"Non si può buttare tutto all'aria"dicevano".C'è la vita delle persone,delle famiglie;non si scherza con il lavoro.E poi l'azienda è sana ,il fatturato continua ad aumentare ,le prospettive sono rosee.

Cosa fa lo stato,cosa fanno i sindacati?Come possono permettere all'azienda di volare via dopo che hanno ricevuto milioni di sovvenzionameto a fondo perduto?

E' una truffa.Non lo permetteremo!"

Avevano occupatro gli stabilimenti,presidiandoli notte e giorno.

Nessuno avrebbe portato via un macchinario,ma neppure una penna.

Quella era la loro azienda.Era nata dal niente e l'avevano fatta crescere col loro sudore"-gridavano-
 I media ne parlavano,gli operai e i dirigenti parteciparono a molte trasmissioni e interviste per illustrare la situazione.

"Solo in Italia succedono queste cose.Vogliono delocalizzare?Vadano all'estero,ma non con la nostra azienda.Restituiscano i soldi che hanno rubato.Questa azienda è il nostro sangue,la nostra vita.Noi continueremo a produrre da soli,ne abbiamo le capacità e le commesse non ci mancano".

Insomma si stava cercando un acquirente che sostituisse i vecchi proprietari.

Luca e Debora vollero parlare con i dirigenti:l'ingegnere Ugo Alfonsi e il suo collaboratore Alfredo Lo Cascio.

Erano loro che mandavano avanti l'azienda,ne conoscevano i meccanismi e il mercato.

Ed erano loro che avevano lottato perchè l'azienda continuasse a vivere e a far lavorare le maestranze tutte altamente qualificate.:la sentivano una loro creatura che altri volevano far abortire.

Per questa creatura avevano impegnato tutte le loro capacità,tutte le loro energie e speranze.

Non volevano che morisse.Aveva forti potenzialità e non volevano che le maestranze perdessero il posto:con loro avevano stabilito forti legami professionali e basati sulla stima reciproca.

Erano ormai legati da vincoli di amicizia,più che di lavoro.

No, loro proprio non ci stavano a far fallire quel progetto.

Che i proprietari andassero pure via,ma non si sarebbero portati via neppure una vite.

Quella era la loro azienda,era una loro creatura,il loro sangue,la loro vita e la vita di tante famiglie

Luca e Debora parlarono con i sindacati,con le autorità:furono loro promessi contributi,aiuti.

Inoltre il prefetto suggerì a Luca di rivolgersi alla Banca Etica.

Il prefetto collaborava con i militari e vide in Luca un uomo che avrebbe potuto assecondare i militari nel loro scopo, inconsapevolmente.

La Banca ottennc l'OK dei militari e finanziò il progetto di Luca e Debora.

Misero solo una condizione.

Avrebbero collaborato alla costruzione di un centro sociale in Sicilia da loro finanziato.

Aveva scopi benefici e volevano aiutare giovani traviati o in difficoltà personale a trovare la strada per ricostruirsi un futuro.

Luca e Debora accettarono entusiasti.

Luca e Debora parlarono con Ugo Alfonsi e Alfredo Lo Cascio.

Essi pensavano che fosse giusto che i dirigenti e le maestranze fossero coinvolti personalmente e direttamente nella conduzione dell'azienda.

Fu costituita una Associazione in partecipazione dove i dirigenti furono cooptati tra gli associanti e i lavoratori divennero associati,partecipanti agli utili,con diritto di dare suggerimenti,consigli e di partecipare alle decisioni più importanti.

Ai dipendenti fu comunque assicurato un salario minimo,dignitoso.

Tutte le commesse furono mantenute.L'azienda era già attiva,anche se erano proprio lo stato e gli enti pubblici a crearle qualche difficoltà , ritardando oltre il lecito i pagamenti.

Su suggerimento degli ingegneri furono assunti due ricercatori esperti nel campo.

S'erano fatte le ossa all'estero facendo ricerca ed operando in aziede specializzate.

Avevano idee innovative che avrebbero dato,ne erano sicuri,nuovo impulso all'azienda.

I due ricercatori si chiamavano Volterra e Valente

Collaboravano quasi gratuitamente proprio con l'azienda indicata dalla Banca Etica .

Si chiamava "La Fratellanza".

Questa associazione era guidata proprio dai civili alleati ai militari.

I militari pensavano che la utilizzazione in quella fase dei civili era superflua.

Sarebbero stati utilizzati solo poco prima del colpo di stato per un colpo colossale che avrebbe avuto sviluppi importanti.Per ora era meglio che non si facessero più vederc o. meglio, che stessero sotto copertura.

La Fratellanza era stata costituita dai militari.La gestione era stata affidata ai "civili".

Questa organizzazione si serviva del programma statale di utilizzazione a fini sociali dei beni sottratti alla mafia.

I militari controllavano e guidavano,dietro le quinte, questo programma.

Contavano che in futuro ne avrebbero tratto vantaggio,mettendoli in buona luce agli occhi della società.

I civili avevano gli strumenti legali di controllo,ma non erano quelli che ,di fatto,facevano funzionare l'iniziativa.

I principali esperti e responsabili dell'iniziativa erano:il dott. Francesco La Torre e un ex sacerdote ,spretato,Clemente Fattori.

Del Fattori ci occuperemo più a fondo in seguito.

Con l'aiuto spontaneo e quasi gratuito di molti volontari,esperti in molti campi professionali:medicina,agronomia,informatica,scienze della costruzioni...e tanti operai,artigiani, uomini di buona volontà,portavano avanti il progetto di utilizzare gli immobili sottratti alla mafia per aiutare i giovani in difficoltà a imparare un mestiere e rendersi utili alla società,a farsi un futuro migliore.

Potevano contare sull'aiuto di parecchie organizzazioni pubbliche e private,fondazioni bancarie(queste erano per lo più una copertura per le loro ruberie),imprese e singoli cittadini.

Era stato loro conferito un vasto terreno,appartenente ad un clan locale.

Il terreno era stato utilizzato soprattutto per scopi agricoli.

Si coltivavano olivi,viti,limoni,aranci con metodi prevalentemente biologici.

Si allevavano anche animali a terra con mangimi ecologici soprattutto a carni bianche.Erano state costruite varie attività collegate:di tipo artigianale:officine meccaniche,attività tessili,laboratori informatici.

Si cercava di formare un soggetto economico autosufficiente,per quanto possibile,limitando al massimo la necessità di doversi rivolgere all'esterno.

Siccome la comunità La Fratellanza sorgeva vicino ad Agrigento,in particolare vicino alla Valle dei Templi,considerata dall'Unesco Patrimonio dell'Umanità,si era pensato anche di utilizzarla a fini turistici.

Questo avrebbe dato impulso all'occupazione giovanile locale e avrebbe creato un indotto nel campo alberghiero,della ristorazione,nonchè dell'artigianato locale.

Non si poteva poi dimenticare che la zona è ricca non solo di resti archeologi ma anche di una splendida natura incontaminata.

I turisti avrebbero potuto godere sia della cultura che della natura e le sue splendide bellezze.

Si pensava di edificare un agriturismo con piscina e maneggio dei cavalli per incoraggiare i turisti anche a utilizzare carrozzelle siciliane tipiche,da loro costruite,per visitare i dintorni.

I capitali in realtà giungevano copiosi sia dalla generosità di vari enti,sia singoli privati,che, visitando i posti ,erano restati abbagliati dal progetto.

Sarebbero stati utili per costruire nuovi edifici abitativi,sempre più giovani affluivano al centro,e per produrre l'energia verde per tutti gli impianti

E chi meglio della Green Energy poteva supportare questa esigenza?

Valente e Volterra davano già il loro sostegno,quasi gratuito,a questo progetto,ne conoscevano bene le problematiche ed erano molto amici sia del Fattori sia di Della Torre.Il loro progetto fu sottoposto a Luca e Debora,era un progetto innovativo .Prevedeva ad esempio l'uso non più del silicio per produrre pannelli solari,ma di sostanze vegetali,riproducibili,a differenza del silicio,e in prospettiva meno costose.

I costi dell'energie verde ,ne erano convinti,sarebbero andati progressivamente decrescendo sia per le economie di scala,mano a mano che la produzione aumentava,sia per le nuove tecnologie che venivano studiate e applicate con successo.

Il futuro dell'umanità è nel ritorno alla terra,nell'energia rinnovabile e nella creazione di un organismo mondiale,anche all'interno dell'ONU,che costringa i paesi a collaborare per costruire un nuovo modello di sviluppo che avrebbe salvato la terra,che ormai andava verso la propria distruzione,e dato un futuro ai paesi del terzo mondo.

Si è calcolato che se ci si servisse del Sahara per produrre energia elettrica dal sole, il mondo avrebbe tutta l'energia per soddisfare i suoi bisogni e uno sviluppo rispettoso della natura.

Ma che fine hanno fatto Marco Clara,Pino e Susanna e i loro amici.

Come abbiamo già accennato i militari li avevano messi al vertice de La Fratellanza ed erano loro che prendevano le decisioni tecniche ed economiche.

Tuttavia erano felici di mettere a disposizione della comunità tutte le loro energie e capacità.

Erano affascinati da quel progetto e avrebbero quasi voluto dimenticare tutto il resto,il passato,per vivere il presente e far diventare il loro futuro la comunità.

Erano molto discreti nell'usare la loro posizione e ascoltavano con rispetto i consigli sia di Della Torre che del Fattori.

Ma sapevano che non potevano più tirarsi indietro;ormai dovevano andare sino in fondo.

I militari lo avrebbero preteso,anche con la forza.

Intanto tutto il gruppo di civili,compresi gli amici avrebbero fatto tutto il possibile perchè quel progetto avesse successo.

Anche la ditta Green Energy era affascinata e voleva che il progetto andasse in porto:si accontentarono un poco più delle spese.

Sapevano che l'azienda avrebbe guadagnato una pubblicità enorme,che li avrebbe ricompensati per tutti i soldi non guadagnati e molti di più.

I lavori procedettero alacramente;anche i giovani ospiti,nel rispetto della loro età e delle loro capacità, collaborarono ai lavori.

Cap. 8

Il Santapaola e il Vitale avevano ormai preso in mano il progetto del colpo di stato:
da tutti era riconosciuta la loro autorità.

E furono loro a riunire tutti:civili e militari implicati nella faccenda.

Il commercialista Schifani aveva con i soldi affidatigli comprato vari immobili :uno sarebbe servito
per le loro riunioni segrete:era ben nascosto in un bosco poco frequentato,ma ben collegato
con le autostrade ,in caso di necessità di fuga.

Gli altri immobili sarebbero serviti come deposito armi e come ricovero per mezzi necessari alle
loro attività:camion,mezzi articolati etc.

Un altro immobile era stato attrezzato a clinica per il caso vi fosse necessità di assistere chi
fosse restato ferito in una operazione o per altri casi come ad esempio interventi di chirurgia plastica
per modificare i tratti somatici di qualcuno che doveva diventare invisibile.

Inoltre bisognava continuare a finanziare la banca etica,da cui si ripromettevano di ricavare
una grande pubblicità alla loro attività.

Il Santapaola aveva in mente di creare più centri come La Fratellanza finanziati dalla Banca.

Naturalmente il successo di tali iniziative sarebbe stato ampiamente pubblicizzato,come pure
l'appoggio a tali iniziative, non solo di facciata,dei militari.

Il Santapaola aveva già pensato come :i particolari erano prematruri.

Mentre tutto questo era in preparazione l'attenzione dei cittadini su Robin Hood non doveva
abbassarsi.

Anzi,dovevano continuare le scorrerie,sostenute dai servizi segreti e da militari che avevano in gran
numero aderito al progetto.

Ma prima di tutto,sostenne il Santapaola,servivano soldi.tanti soldi.

A questo avrebbero pensato i civili.

Pino,il genio informatico,aveva detto che era possibile colpire la Banca ,la chiameremo la banca
X,con un attacco cibernetico da hacker.

Questa era la stessa banca che da Marco era ritenuta causa della morte dei suoi genitori.

C'era in lui e nei suoi amici una voglia folle di fargliela pagare.

Ed erano in grado di colpirla,anche perchè un loro caro amico di tendenze anarcoidi era al controllo
del centro operativo del sistema informatico della banca.

Avevano preso già qualche contatto con lui.Ora avrebbero cercato di coinvolgerlo nel loro progetto.

Ci avrebbero pensato loro.Questa era la loro vendetta personale contro il regime.

La seduta si sciolse.

Santapaola e il Vitale presero contatto con vari pezzi dei servizi segreti deviati.

Essi avrebbero collaborato a tener alta la tensione:avrebbero   alimentatto lo
scontento tra la popolazione e incoraggiato l'illegalità.Conoscevano parecchie teste calde che non
aspettavano altro che menar le mani e anche sparare,
se necessario.

Un po' di soldi poi avrebbe oliato le loro tendenze.

Un po' in tutta Italia ci furono disordini:al grido di viva Robin Hood ; alcuni scalmanati assediavano
supermercati,spaccavano vetrine; ci furono anche vere e proprie rapine in banca,

Alcuni sfondavano i bancomat con mezzi pesanti per svuotarli e impossessarsi del denaro.

C'era insomma un clima di anarchia e rivolta.

A volte era ammantato da buone intenzioni.

Si condannava il gioco d'azzardo,le macchinette mangiasoldi,che arricchivano gli avidi profitatori
e rovinavano le famiglie.Il tessuto sociale,lo stesso spirito delle persone veniva corrotto,
indebolito.

La gente spendeva nel gioco gran parte dei propri mezzi di sostentamento.Le famiglie si
frantumavano e l'illegalità aumentava.

Da dove venivano infatti i soldi per giocare?

Molti si lasciavano corrompere,anche funzionari pubblici,magistrati e appartenenti alle forze
armate.Altri rubavano,vendevano droga,Molte donne si vendevano o vendevano le figlie..

E ormai i giochi d'azzardo prosperavano non solo nella sale pubbliche ma in internet.

Bastava mettersi al computer per essere spennati come polli.

Tutto questo doveva finire!

Dov'era lo stato imbelle e impotente?Anzi succube:dal gioco d'azzardo prendeva un bel po' di soldi, alla faccia della brava gente e dell'interesse dei cittadini.

Correva voce che anche molti parlanentari erano oliati con denaro del gioco d'azzardo.

Solo così si potevano spiegare le leggi che aiutavano e incoraggiavano tale gioco.

Daltro canto lo stato stesso era il più grande biscazziere.

Promuoveva i gratti e vinci,le lotterie di ogni sorta.

Che si poteva pretendere allora?

Ecco che allora interveniva il Santapaola o il Vitale :interviste,trasmissioni televisive..

Sì.il problema esisteva e si estendeva:il fenomeno dei Robin Hood era in parte giustificato dalle disuguaglianze sociali,dalla corruzione diffusa a tutti i livelli,era ormai un'infezione endemica fuori cointrollo.

Certo ,era illegale quanto stava accadendo e pericoloso:avrebbe potuto portare a rivolte e sommosse ben più pericolose per la stabilità e la pace sociale

Il sistema di sicurezza nazionale aveva le mani legate:sempre meno mezzi,a volte non avevano i soldi per le auto di servizio.

Inoltre bisognava andare alla radice del problema:creare armonia sociale tra le classi impedendo che il 50% della ricchezza nazionale fosse nelle mani del 10%.

Queste riforme e come farle erano però nelle mani dei politici.

Loro,i militari,dovevano difendere la legalità,anche se a volte....e qui faceva una pausa sapiente, facendo intendere senza dire.

L'intervento del Santapaola attizzò ancor più la rabbia della gente e il clima sociale.

Si scendeva in strada contro il governo,le sale da gioco furono prese d'assalto, sfasciate e derubate; i giochi televisivi furono oscurati dai giovani civili,Marco,Pino e altri..

Le opposizioni attaccavano il governo e ne chiedevano le dimissioni,in particolare nei confronti del ministro dell'interno e della difesa.

Si invocava dalla destra la nomina di uomini forti e capaci.

Il Santapaola si era fatto gradualmente conoscere ed apprezzare non solo dai militari,ma da uomini politici e dai partiti che desideravano che il potere venisse gestito in modo accentrato e senza troppi vincoli.

L'Italia a causa della irresolutezza dei suoi governanti stava precipitando nell'anarchia.

Legge e ordine era il loro desiderio.

E chi meglio del Santapaola potevano esercitarlo quel potere?

E Santapaola fu nominato Ministro dell'interno e Vitale Ministro della difesa.

Il Colpo di stato aveva fatto un grande passo avanti.

E il Santapaola e Vitale ebbero subito qualche successo.

I Robin Hood cessarono le loro operazioni quasi del tutto e le forze dell'ordine intervennero con determinazione contro ogni manifestazione non autorizzata.

Si utilizzò anche l'esercito per presenziare il territorio .

Furono catturati molti anarcoidi che sfondavano e rubavano.

Il merito fu attribuito al Santapaola che intanto non perdeva occasione per andare in televisione.

Ringraziava le forze dell'ordine per il loro lavoro e impegno;i risultati stavano venendo ma sottolineava che i disordini non sarebbeo cessati se la popolazione non vedeva risolti i suoi bisogni primari:lavoro,dignità,eguaglianza,legalità …

Le forze dell'ordine non potevano sostituirsi al governo.

Era il governo che doveva affrontarli quei problemi:ma i politici non trovavano un accordo su come;

così perdevano tempo a parlare dei problemi,a polemizzare in televisione..

Al Santapaola sfuggì in una trasmissione la frase:"Se vi fosse un governo presidenziale con pieni poteri"!

Intorno a questa frase sorsero varie polemiche e prese di posizioni.

"Augurava forse il Santapaola un regime autoritario,semmai guidato dai militari?"

Il Santapaola si difese dicendo che auspicava solo istituzioni che fossero messe in grado di affrontare i problemi,e non perdersi in polemiche e lotte tra fazioni politiche".

Ci voleva,e perchè no,un adeguamento della costituzione alle nuove esigenze,almeno in alcune sue parti.Nessuno voleva costituire un regime autoritario,tanto meno lui".

Le polemiche e i dibattiti continuarono dentro e fuori il parlamento.

Intanto intorno al Santapaola si stava formando un consenso sempre più forte di civili che desideravano un futuro pacifico e rispettoso della legalità.

Anche molti media,molti dei quali controllati da uomini del Santapaola sottolineavano l'efficacia dell'azione del Santapaola.

I cittadini avevano meno paura ora che l'esercito presidiava le città

Si sentivano più sicuri anche contro il terrorismo.

A proposito delle migrazioni il Santapaola aveva iniziato con successo un nuovo corso.

Gli emigranti non dovevano arrivare sulle nostre coste senza un controllo e una scelta preliminare.

Su autorizzazione del governo e dell'Europa fece un accordo con i paesi che si affacciavano sul mare.

L'Italia avrebbe costituito presso ogni stato straniero da cui partivano i migranti dei centri di controllo sul loro territorio:tutti i migranti che avevano diritto all'asilo politico in base alle leggi internazionali e nazionali,sarebbero stati accolti e portati in Italia con navi italiane.

Gli altri sarebbero stati respinti,compresi i barconi :gli occupanti erano considerati illegali,come illegali sarebbero stati considerati quelli che arrivavano senza documenti di riconoscimento.

Le navi italiane avrebbero impedito a tutti i barconi non autorizzati di raggiungere le nostre coste;li avrebbero ricondotti nei porti di partenza.Ai paesi che collaboravano era assicurata dall'Europa un contributo di solidarietà.

Così i migranti regolari non avrebbero dovuto rischiare la vita e cadere in mano a trafficanti di uomini senza scrupoli,pagando per giunta laute somme di danaro.Chi era regolare entrava gratuitamente in Italia sotto la protezione militare italiana,che avrebbe provveduto a smistarli in campi di accoglienza e non più in campi di concentramento ,che disonoravano la loro dignità,senza alcun rispetto della loro umanità e li rendeva preda di organizzazioni criminali che li avrebbero sfruttati servendosi anche del denaro pubblico stanziato a loro favore.

Sempre più i cittadini parlavano favorevolmente del Santapaola e lo vedevano come l'uomo della provvidenza.

Cap. 9

Taranto:lavoro e morte-

All'ospedale:

Tonino Lo Bravo,un bambino di 10 anni,è in coma.

E' ammalato di leucemia:una delle tante vittime dell'Ilva,una della più grandi produttrici di acciaio d'Europa.

Un corpicino rantolante,monitorato,ricoperto di tubicini che portano alimenti e medicine,devastato dal male,ridotto a pelle raggrinzita e grigia,quasi trasparente che fa intravvedere delle venuzze blu. E' senza capelli.

Tutto è stato tentato e sono ancora quei tubicini e quelle macchine a tenerlo in vita.

Ogni tanto un flebile gemito,sempre più debole,che fa capire che è ancora vivo.che la sua vita si sta spegnendo.

Gli è accanto la madre Maria:affranta,rassegnata,piena di rabbia per una morte ingiusta causata dall'avidità e dall'egoismo umano.

Il suo cuore è tormentato dal rimorso e dai sensi di colpa per non aver potuto impedire quella morte.

Poi però se la prende con Dio:

"come puoi tollerare che queste cose accadano?

Che colpa aveva un povero bambino innocente per essere sottoposto a sofferenze così atroci?

Quali colpe abbiamo verso di te per tormentarci così?

Ma ,tu,ci sei o ti sei scordato di noi?

Ti chiamiamo padre.Ma che padre sei se fai soffrire tanto i tuoi figli?"

Nel frattempo freme,piange,bacia la mano fredda del figlio,i cui occhi sono ormai spenti e,quando si accorge che il figlio li sta abbandonando,urla con un gemito che le viene dalle viscere,mentre stringe forte al petto il corpo del figlio che, con un ultimo flebile gemito e un lieve tremito, muore.

"Noo,noo,Dio,perchè,perchè..?-urla sconvolta dal dolore-
perchè non hai fatto niente?Perchè ci hai abbandonato?

A che serve pregarti?

Tu non ascolti!

Sei sordo alle nostre sofferenze"

-Urla la sua rabbia impotente ,senza neanche comprendere pienamente cosa le è uscito dalla bocca, meglio,dalle viscere-

Urla anche contro i responsabili dell'Ilva che,secondo lei,hanno provocato la morte del suo Tonino.

Con Maria c'è suo marito Umberto,sui 45 anni ,anche lui malato ai polmoni a causa delle polveri dell'Ilva,di cui è funzionario da molti anni; ci sono anche i figli Paolo di 18 anni e Giada di 15.

Tutti straziati dal dolore,tutti in singulti profondi che vengono da dentro ,che non riescono a contenere,tutti furenti contro i responsabili dell'Ilva.

C'è anche il nonno,sui 70 anni :Alberto,invalido per un tumore alla vescica:anche lui ha lavorato una vita all'Ilva.

Singhiozza a distanza,in solitudine ,quasi vergognandosi.

"Perchè lui e non io?

Io sono vecchio,ho già vissuto la mia vita.

Perchè un bambino pieno di vita?

Era un bambino sano,felice,saltava,correva pieno di entusiasmo verso la vita...

Aveva appena cominciato a percorrerla..a gustarla..

Perchè lui?

Che colpa può avere un bambino di 10 anni?

Prendi me..Io ho peccato..ho fatto degli errori..ho vissuto a pieno la mia vita,nel bene e nel male.

Ma,lui Perchè? Prerchè ,Dio ?-Gli uscì quasi un grido strozzato e pieno di rabbia dalla bocca-

Al funerale parteciparono quasi tutti gli operai dell'Ilva,e molti del quartiere Tamburi,sorto intorno all'Ilva ,diventato un borgo di case per operai di quasi 20.000 abitanti

C'era tanta rabbia,tanta sofferenza,che a tratti veniva urlata da alcuni partecipanti.

Ma vi era tanta paura:paura di perdere il proprio posto di lavoro.

Le autorità minacciavano di chiudere l'Ilva.

Le autorità pubbliche si erano rivolte alle autorità giudiziarie che avevano periziato l'area e l'aria che si respirava .

Per i periti la situazione a Taranto appariva molto critica.

La perizia evidenziava "una forte evidenza scientifica" di causa ed effetto tra le emissioni dell'Ilva e le patologie riscontrate tra gli abitanti della zona incriminata:molti tumori a vari organi,patologie respiratorie e di altro genetre,anche a carico dei bambini.

La quantità di diossina accumulatasi per decenni ha reso il terreno intorno all'Ilva non pascolabile.

La Regione Puglia ha vietato pertanto il pascolo entro 20 Km dall'impianto con grave pregiudizio delle aziende zootecniche e produttrici di latte e prodotti caseari.

Se venisse dimostrato il nesso di causalità anche le molte aziende mitilo culturali sarebbero a rischio.

Questa la conclusione della perizia:"

L'esposizione continua agli inquinanti dell'ambiente emessi dall'impianto siderurgico ha causato e causa nella popolazione fenomeni degenerativi di apparati diversi dell'organismo umano che si traducono in eventi di malattia e morte"

La situazione a Taranto è drammatica.Alcuni sostengono che bisogna chiudere l'impianto.

Altri dicono:"

Il lavoro è la nostra vita e quella dei nostri figli".

Se ci tolgono il lavoro Taranto muore".

" Non possiamo permettere che i fumi dell'Ilva uccidano noi e i nostri figli"-ribattono altri-

Solo il futuro dirà come si evolverà la situazione,anche se il futuro è gonfio di nubi nere e non solo per Taranto.

La tragedia incombe ancora sulla famiglia Lo Bravo.

Alberto,il nonno, un uomo sui settanta anni,capelli brizzolati,una voce aitante,alto,dal fisico forte,nerboruto,ma non grasso,fiero nell'aspetto,ora è un uomo sconfitto,piagato nel fisico,ma soprattuto nel morale.

Il volto è raggrinzito,lo sguardo spento e disilluso,emaciato,insicuro nell'incedere:

il tumore alla vescica e le cure chemioterapiche l'hanno fiaccato,ma non ancora vinto.

Anche lui è una vittima dell'Ilva.

Dopo tanti anni di servizio,i fumi,i gas dell'Ilva hanno invaso il suo fisico vigoroso,lo hanno saturato e,gradualmente,l'hanno divorato.

Ma non è stata la malattia a sconfiggerlo,a schiantarlo:era il rischio che sapeva di correre quando andò tanti anni prima all'Ilva.

E l'accettò.

C'era la famiglia,c'erano i figli da far grandi,da far studiare,da dargli un futuro.

E quel lavoro maledetto e benedetto quella opportunità gliela aveva data.

Ora che aveva raggiunto lo scopo era disposto a pagare il tributo richiesto?

La morte?

Non la temeva.

Aveva vissuto una vita degna di essere vissuta.

La famiglia gli aveva dato tanta felicità.

C'erano stati anche i dolori,le malattie,la morte della cara moglie,che l'aveva abbandonato da pochi anni .

Ma erano tutte cose che facevano parte della vita,cose normali,che facevano parte di una vita normale,anche se dura,fatta di gioie e dolori.

Ma era normale che un bambino di 10 anni,il suo Tonino,morisse straziato dalla leucemia?

Era normale che lui fosse ancora vivo e suo nipote fosse in una fredda fossa,senza futuro, inghiottito dalla morte?Senza aver assaggiato neppure la vita?

No, questo non poteva sopportarlo:questo l'aveva schiantato,gli aveva tolto la voglia di vivere,di combattere contro la malattia che lo stava divorando.

Ora agognava la morte;che venisse il prima possibile.

Sì.desiderava il sonno della morte,l'oblio che solo poteva dare pace al suo cuore straziato.

E invece era lì,ancora vivo.E Tonino era nella fredda terra.

Che venisse la morte,finalmente,che lo ghermisse ,lo sottraesse a quella straziante sofferenza mentale che gli torceva le viscere e non lo faceva dormire.!

I figli,i nipoti,i medici non capivano.non potevano.

O forse capivano,ma non riuscivano ad accettarlo.

"Devi operarti -dicevano- non puoi lasciarci anche tu,abbiamo ancora bisogno di te"-lo supplicavano-

Ma che vita sarebbe stata quella?

Operarsi significava togliergli la vescica ,l'apparato urinario e genitale,vivere con un sacchetto per raccogliere le urine, in attesa di una morte solo ritardata che sarebbe stata sempre più dolorosa e umiliante.

E poi avrebbe pesato sempre di più sui parenti,avrebbe devastato anche le loro vite.

Una vita inutile,senza futuro che avrebbe mortificato la sua dignità.

E per cosa poi?

Per vivere ancora uno,due anni e in quelle condizioni?

Meglio,tanto meglio raggiungere il suo amato Tonino.

Quando si ricordava del nipote un dolore acuto gli attanagliava il cuore."Un infarto?.Magari! Che bella morte sarebbe stata!".

Gli venivano in mente i giorni passati insieme al nipote:le passeggiate,le nuotate al mare,i discorsi con lui,il suo riso felice,cristallino.

Com'erano felici quei giorni!Quante speranze,quanti progetti!

E..poi.il ricordo della morte,atroce del nipote,gli bruciava la mente come una spada arroventata...

Oh,era insopportabile.Voleva strapparsi il cuore,addormentarsi subito,dimenticare tutto.

Meglio morire.Subito,di un colpo.

"Dimenticare,obliare,il nulla !"

No,non avrebbe fatto nulla per togliersi la vita.Le sue convinzioni erano contrarie all'eutanasia.

Ma non avrebbe fatto nulla per impedire alla natura di seguire il suo corso.

"La morte fa parte della vita.E' una cosa naturale.

Perchè accanirsi per continuare a vivere,forse attaccato ad una macchina essendo di peso a chi ti vuole bene,facendoli soffrire della tua sofferenza?"-pensava-

"Non era dignitoso.Cento volte meglio morire!".

Com'era intelligente la Levi Montalcini,come comprendeva bene la sua situazione!

Diceva:"

E' meglio aggiungere vita ai giorni,che giorni alla vita".

Lui,umile operaio,come sentiva sue quelle parole!

"No,non si sarebbe operato,né avrebbe preso altre medicine ,se non quelle palliative,per sopprimere il dolore.

Per essere certo che le sue intenzioni fossero rispettate,convocò i suoi parenti più stretti:I suoi figli :Umberto e Anita,la nuora Maria e il genero Sandro e comunicò loro le sue intenzioni.

I suoi figli,per quanto commossi e profondamente addolorati,comprendevano e condividevano le sue decisioni:anche loro avrebbero agito nella sua situazione in quel modo.

Lo rassicurarono che avrebbero fatto rispettare la sua volontà,anche se fosse statto necessario rivolgersi alle autorità.

Alberto lasciò loro una dichiarazione scritta , autenticata da notaio.

Quando fu il momento,poco settimane dopo,Alberto fu trasportato in un centro per le cure palliative e ,secondo i suoi desideri,passò dalla vita alla morte dignitosamente,senza inutili sofferenze.

Al suo funerale parteciparono non solo i colleghi di un tempo,ma anche i giovani e quasi tutto il rione Tamburi..

"Un altro che se ne va .A chi toccherà ora ?" -Si chiedevano con rabbia-

La morte era sempre incombente nei pensieri degli abitanti del quartiere Tamburi.

Cap. 10

Umberto era un uomo che assomigliava molto al padre fisicamente e caratterialmente.

Era determinato nelle sue convinzioni,ma,nello stesso tempo,sapeva ascoltare e accettare i consigli;sapeva riconoscere i propri torti e chiedere scusa,quando sbagliava.

Ma ,se era convinto di avere ragione,nessuno poteva smuoverlo,era inflessibile.

Era anche un uomo molto intellligente e pratico:laureato in ingegneria era stato assunto all'Ilva e,dopo breve,ne era diventato un funzionario rispettato anche dalla dirigenza.

Quante volte aveva ragionato con i superiori su come era malgestito lo stabilimento dei pericoli per la salute dei dipendenti e per la popolazione del quartiere Tamburi!

"Esiste un nesso di causalità tra i veleni emessi dalle ciminiere ,le polveri trasportate dal vento dai cumuli dei minerali ammassati,senza copertura ,e le malattie degli operai e della gente del luogo- ripeteva inascoltato-.

Oltre ad essere un rappresentante sindacale,Umberto aderiva ad una associazione ecologista che voleva oltre che proteggere l'ambiente,anche uno sviluppo sostenibile.

Queste sue posizioni gli avevano bloccato la carriera,nonostante fosse riconosciuto da tutti come un funzionario onesto e altamente competente..

Dopo la morte di Tonino e del padre lui e Maria passarono giorni terribili ,notti di pianti e sofferenze.

Maria se la prendeva anche con Dio.

E di notte Umberto e Maria parlavano tanto:si consolavano,mentre in loro sorgeva sempre più il desiderio di fare qualcosa.

Avevano due figli :Paolo e Giada,dovevano pensare a loro,al loro futuro.Ma a Taranto non c'era futuro per nessuno.

Dovevano andare via da Taranto.

"Qui c'è solo morte e malattia"-diceva Maria-

Mario allora la metteva a parte del progetto che da tempo stava elaborando.

La gente dalla campagna si è spostata in città,nelle città industrializzate.Ne conosciamo sulla nostra carne i risultati.

Noi faremo il contrario:dalla città andremo in campagna,dove vi sono molti borghi spopolati, o addirittura abbandonati:le cosiddette città fantasma.

Noi andremo in una di queste città.

Maria:"

Ma queste sono fantasie,Umberto.Sì,ne abbiamo parlato tanto nelle nostre riunioni dell'associazione.Ma una cosa sono i sogni,ben altro è realizzarli quei sogni.

Come faremmo?Siamo soli,abbiamo pochi soldi e non siamo esperti della campagna e del lavoro che ci attenderebbe".

Umberto":

Ma non siamo soli,ci sono i nostri amici dell'associazione con cui da tempo parliamo della nostra delusione per un mondo che sta morendo e dell'aspirazione di creare un nuovo mondo.

C'è Adriano con sua moglie Eleonora:lui è un agronomo,la moglie una chimica.Hanno due figli grandicelli:Samanta di 18 anni e Marco di 16;c'è Mario,che è un abile commercialista;c'è Francesco,scienziato informatico e sua moglie Adriana:laureata in biologia ed erboristeria,con i loro figli Giorgio di 17 anni ed Ester di 16.

E tra i dipendenti dell'Ilva ci sono abili tecnici e artigiani:idraulici,elettricisti,geometri,muratori con famiglia,desiderosi di fuggire da Taranto.

Poi c'è Sandro,marito di mia sorella Anita:lei sarta,lui artigiano poliedrico.

Per i soldi, ho pensato anche a quello.

Abbiamo i nostri risparmi,le nostre liquidazioni e poi,nelle nostre pubblicazioni,ho letto dell'esistenza di una Banca Etica che finanzia i progetti simili al nostro.

Ci sono poi i finanziamenti a fondo perduto degli enti locali per favorire lo sviluppo del territorio.

Umberto propose ai suoi amici di incontrarsi per approfondire l'argomento.

Gli amici si trovarono e alla fine dell'esposizione di Umberto si accorsero che Umberto aveva proposto ciò che tutti loro avevano nel cuore,ciò che stavano elaborando dentro di loro.

Per loro la partecipazione all'associazione non era solo un interesse astratto,culturale;era una necessità personale,era la volontà di mettere in pratica quello di cui si occupavano nelle loro riunioni e studi.

Adriano,l'agronomo,anzi definì i contorni del progetto dal suo punto di vista:"

Innanzi tutto ci vuole energia verde,rinnovabile,prodotta in proprio.

Questo vuol dire pannelli solari,pale eoliche,energia idraulica che ci permetterebbero di produrre in proprio l'energia di cui avremo bisogno e ,eventualmente,vendere il surplus.

Ci vuole inoltre risparmio energetico e migliorare la produttività energetica.Ho studiato l'argomento e conosco le scoperte strabilianti che ci sono state in questo campo:abitazioni a risparmio energetico,altamente funzionali.

Inoltre le colture dovrebbero essere biologiche.

I rifiuti dovrebbero essere trattati per produrre energia con le biomasse e per formare il compostaggio.In tal modo i rifiuti diventerebbero una risorsa ,non un problema.

In più:coltura in serre,riciclaggio degli scarti.Per esempio il riciclaggio dell'alluminio richiede solo il 5% dell'energia richiesta per la produzione primaria dell'alluminio.E potrei continuare a lungo".

Umberto:"

Va tutto bene quello che ha indicato Adriano.

Però il progetto dovrebbe avere uno sviluppo più ampio.Non dovrebbe avere uno sviluppo solo agricolo.Stavo pensando al turismo,alla creazione ad esempio di un agriturismo.

Dovrebbe poi permettere alla comunità di essere autonoma,autosufficiente.

Ci vorrebbero attività artigianali,e anche professionali,come ad esempio la cura della salute e del corpo mediante le erbe .Ad altri particolari si penserà in corso d'opera.".

Naturalmente la cosa andava definita nei particolari,vedere la fattibilità.

Si stabilì che Mario,Umberto ed Adriano si interessassero di trovare un posto adatto,dei costi e dei finanziamenti.

Poi con i dati in mano si sarebbero potuto prendere decisioni ponderate.

Cap'. 11

Umberto,Mario e Adriano si incontrarono e incominciarono subito il loro lavoro.

Mario era un commercialista di 38 anni,un uomo vigoroso,alto,dal portamento elegante,si poteva dire che fosse un uomo affascinante.

Parlava con voce suadente e calda e,con il suo sguardo inquisitore,sembrava guardare dentro le persone.

Lui era consapevole dell'ascendente che aveva sulle persone,in particolare sulle donne,e se ne serviva ampiamente.

Era un avventuriero,gli piacevano le emozioni forti e il rischio.

Per questo era anche un abile giocatore:in particolare amava il poker.

E per questo entrò in quell'impresa.

Taranto non gli piaceva,lui ci teneva alla sua salute.E' vero , aveva uno studio avviato con un suo amico.Se necessario gli avrebbe ceduto la sua quota.

Adriano era un uomo solido,non bello,dalla mascella vigorosa,che evidenziava una grande forza di volontà e determinazione.

Era un uomo sulla quarantina,agronomo,amava la terra,era in armonia con essa.

Era vigoroso ma non aggressivo;così era il suo rapporto con la terra:non voleva forzarla,violentarla, adattarla a sé:

Voleva ascoltarla,capirne i segreti,vivere in simbiosi con lei,affinchè spontaneamente gli offrisse i suoi doni,le sue ricchezze.

Che piacere provava nel toccare le piante,la terra ,gli animali:quasi li accarezzava per capirne il segreto che era in loro,in che modo avrebbe potuto assecondarle per sviluppare tutte le loro potenzialità.

E così iniziarono a lavorare.

Mario ebbe contatti con molte banche:furono deludenti.

Tutti volevano garanzie,l'impresa era troppo rischiosa,non avevano fiducia nella sua riuscita.

E queste avrebbero dovuto incoraggiare l'iniziativa privata,dare impulso all'economia nazionale!

Prendevano i soldi della BCE a bassi tassi di interesse,ma poi ,invece di finanziare l'economia, se ne servivano per speculazioni finanziare lucrose,queste sì molto rischiose.

Molte banche anche solide ,si riempirono di titoli tossici e rischiavano il fallimento.

Era lo stato che doveva salvarle con iniezioni di soldi pubblici,dei contribuenti onesti.

E queste banche non chiedevano garanzie a grosse imprese guidate dai loro amici,o da appartanenti alla loro stessa loggia massonica.E questi erano quelli che i soldi li ricevevano e li facevano sparire, in imprese fallimentari,o semplicemente per scopi illegali e interessi personali,a danno degli azionisti della banca-così pensava Mario, sempre più irritato e deluso-

Finalmente però trovò una Banca ,La Banca Etica,che lo ascoltò e non respinse a priori il progetto.

Anzi li invitò a presentare un piano dettagliato di fattibilità e in seguito si sarebbe valutato se finanziarlo,come e quando.

Ecco:la Banca Etica.

Essa costituisce il punto di incontro tra la storia di Taranto e quella del colpo di stato.

La Banca Etica infatti era controllata dal Santapaola,che la finanziava e guidava mediante suoi amici fidati,dei prestanome insomma.

Lui non compariva ma era il vero deus ex machina.

Andava in cerca ,come abbiamo visto,proprio di imprese promettenti che a suo tempo avrebbe sfruttato per farsi pubblicità e sostenere il suo piano di ascesa al potere.

Ma di questo parleremo in seguito più approfonditamente.

Dopo attenta ricerca trovarono anche un grande appezzamento di terra che sembrava corrispondere alle loro esigenze:Toiano,da loro battezzata la città fantasma.Era del tutto abbandonata :C'era un solo abitante che vi risiedeva di tanto in tanto.Si trovava in Toscana tra Firenze e Pisa,posizione ideale per i loro scopi-:la loro attività doveva svilupparsi non solo in campo agricolo,ma soprattutto turistico.

Era una vecchia fortezza abbandonata e in macerie.

In realtà a loro interessava oltre Toiano un grande appezzamento immobiliare che era messo all'asta vicino Toiano ,a Montefoscoli,una località limitrofa,nel comunedi Palaia.

Avevano preso tutta la docuntazione che poterono,anche mediante internet.

Avevano anche i dati relativi all'asta.L'occasione sembrava davvero ghiotta.

Quando si riunirono,esaminarono le foto,i materiali tecnici e le osservazioni sui terreni e sull'asta.

Così che i presenti potessero avere un'idea più che precisa dell'operazione.

A tutti sembrava troppo bello per essere vero.

Allora decisero di fare un sopralluogo tutti insieme.

Da Palaia,dopo circa 3,5 Km trovarono la deviazione per Montefoscoli e si inerpicarono su un dolce crinale.

Mano a mano che salivano,davanti ai loro occhi si apriva il consueto paesaggio delle colline toscane,da far restare incantati.

La vista spaziava da Volterra a San Geminiano e le sue molte torri..

Salendo ancora,videro un meraviglioso tempio di stile classico con il pronao sostenuto da molte colonne e il colore rossastro dei mattoni.

Pensarono-E questo che ci fa qui?-

Finalmente arrivarono a 1-2 Km dal borgo e si fermarono.

A questo punto le operazioni passarono nelle mani di Adriano,l'agronomo,la moglie la chimica ed Eleonora l'erborista.Sulla base delle carte in suo possesso ,Adriano individuò i lotti.

Per ogni lotto c'era una fattoria abbandonata e in rovina:erano le classiche fattorie toscane con archi e torrette.

C'erano alberi da frutto,ormai inselvatichiti,e erbacce dappertutto.

Sembrava una desolazione.

Ma non così all'occhio esperto di Adriano.

Adriano la sentiva già sua quella terra.

Nella sua mente già valutava dove sarebbero sorti gli edifici,l'agriturismo,le stalle degli animali,le serre; dove sarebbe stata realizzata l'area per il compostaggio.

Tutto valutava,prendeva appunti sulle cartine,annotava,sottolineava..

Sì.gli piacevano quei terreni,li sentiva già suoi.

Accarezzava la terra,la sbriciolava tra le dita,l'assaggiava...La vedeva già coperta di alberi da frutta,cereali,prati verdi..

Gli occhi gli brillavano,si avvertiva in lui la smania di voler iniziare a lavorare quei campi,a renderli produttivi.a fecondarla..

Adriana a sua volta già immaginava le sue coltivazioni di erbe fitoterapiche,il suo laboratorio per l'estrazione dei principi attivi,la realizzazione di medicamenti naturali..

Già immaginava la gente che sarebbe accorsa per farsi curare o semplicemente per utilizzare i doni della natura anche per migliorare l'aspetto.

Anche Eleonora era consapevole che le sue conoscenze della chimica sarebbero state utilizzate sia da Adriano che da Eleonora.

Erano tutti inebriati,esaltati sia per le prospettive sia per il paesaggio e la posizione strategica del posto per scopi turistici.

Anche gli altri non stavano con le mani in mano;facevano progetti,prendevano misure..insomma agivano già come padroni che volevano sviluppare il loro progetto.

"Ora la cosa più saggia da fare- disse Mario- visto che a quanto sembra siete tutti innamorati del posto,è stare zitti,prepararsi in silenzio per l'asta e,in primis,procurarsi i soldi.

Per il nostro progetto,è chiaro,non sono sufficienti i soldi a nostra disposizione realizzati con le nostre liquidazioni,la vendita delle case e i nostri risparmi.

Abbiamo bisogno di un grosso finanziamento.

A tal proposito,come vi ho già accennato,ho già preso contatto con la Banca Etica,che ha già mostrato interesse per il nostro progetto.

Vuole però proposte concrete,e piani realizzabili.Dobbiamo andare lì con un progetto particolareggiato,con indicazioni di costi,spese,dell'attivo a disposizione e delle prospettive future di sviluppo e guadagno.

Ma a questo ci penseremo insieme.

Ci vorrà molto lavoro:i tempi stringono e l'asta si avvicina.

Gli amici che erano stati delegati all'operazione in precedenza continuarono ad avere la direttiva nello sviluppo del progetto:ne definirono i contorni,presero informazioni su costi,agevolazioni e facilitazioni..

Però tutti pervennero allo stesso convincimento:dovevano fare qualcosa di diverso dagli altri.

La zona era piena di alberghi,agriturismo,locande:non potevano contendere con loro,avevano una clientela già avviata.

La loro offerta si doveva basare su due pilastri fiondamentali:l'energiia verde e la produzione biologica,oltre a andare incontro alle esigenze di chi voleva vivere immerso nel passato,in una vita molto diversa dal tran tran quotidiano

In particolare tutte le costruzioni sarebbero state ecologiche.a risparmio energetico e con pannelli solari.Avrebbero prodotto energia verde non solo per i loro bisogni:il surplus sarebbe stato venduto all'Enel.Sarebbe stata usata la tecnologia più avanzata ed efficiente.

Bisognava costruire una grande piscina e un maneggio per i turisti

Tutta la produzione ,compreso l'allevamento degli animali,sarebbe stato strettamente ecologico:niente pesticidi,antibiotici,diserbanti chimici.Tutto doveva essere naturale.

Pulmini,per trasportare i turisti a visitare le città d'arte,anche trattori e automobili dovevano essere a energia verde o elettrici.Insomma gettarono le basi per la realizzazione concreta del loro progetto.

Con l'aiuto di Mario andarono da un notaio e costituirono una società a responsabilità limitata: nominarono amministratori con poteri di rappresentanza Mario e Umberto;sindaci furono nominati: Adriano,Francesco e Sandro.

Con tutti i progetti in mano,tutta la documentazione si recarono alla Banca Etica.

Il direttore fu molto gentile,si congratulò con loro per il lavoro fatto con serietà e professionalità e disse loro di lasciargli le carte affinchè il consiglio di amministrazione potesse esaminarle.

Era un'opeazione di notevole impegno per una banca ancora piccola come la loro,anche se in pieno sviluppo.

Avrebbero deciso quanto prima,visto la vicinanza dell'asta.

Ora gli amici non potevano far altro che aspettare e sperare.

Il progetto fu naturalmente sottoposto all'esame del Santapaola:era lui che decideva ,era lui il capo, o, meglio ,il reale proprietario della Banca.

Santapaola fu colpito favorevolmente dal progetto:apprezzava la serietà,la competenza e la professionalità della società;soprattutto però pensava che quel progetto avrebbe potuto essere utilizzato per influenzare l'opinione pubblica a favore del suo personale progetto:il potere.

Già ,nella sua mente,immaginava i possibili scenari.

L'impegno economico era notevole,ma sopportabile,tanto più che con i giovani civili stavano sviluppando un progetto che avrebbe riempito le casse della banca da finanziare ben altri progetti.

Però,lui doveva avere il controllo di tutto.

Così mise al finanziamento del progetto due clausole:
i lavori andavano portati avanti dalla società Green Energy,che stabilì che sarebbe stata la sua società di riferimento anche per altri progetti:inoltre la Banca e ,quindi lui,avrebbero utilizzato a fini pubblicitari quel progetto e i suoi sviluppi.

Quando la società ricevette la proposta della Banca gli amici restarono letteralmente basiti: era oltre quanto loro potessero immaginare.

E non immaginavano in quali mani erano caduti.

La società partecipò all'asta che,visti i capitali a disposizione,si aggiudicarono.

Erano tutti felici:
la Green Energy,che vedeva come la Banca li stava sostenendo e espandendo i loro progetti;

la società che vedeva realizzarsi i suoi sogni oltre ogni loro aspettativa.

Avevano preso accordi con la Green Energy affinchè anche loro potessero mettere a disposizione le loro competenze;naturalmente questo comportò un grosso risparmio sulle spese.

Fu anche dato il nome all'azienda:"Al Paradiso".Non poteva essere dato un nome più appropriato.

E poi erano felici di collaborare con la Green Energy.

Il progetto di spesa era ragionevole ;inoltre era una società all'avanguardia che condivideva le loro mete.

Il più contento di tutti era il Santapaola che faceva un grande passo avanti col suo progetto di colpo di stato.

Bisognava pazientare;aspettare che le situazioni maturassero;nel frattempo bisognava intessere sempre di più la tela.

Ed è quello che il Santapaola stava facendo.

Cap. 12

I nostri amici incominciarono subito a lavorare collaborando con la Green Energy.

Adriano,Eleonora e Adriana incominciarono ad analizzare il terreno per studiarne le potenzialità.

C'erano già vigneti,oliveti alberi da frutta,lasciati inselvatichire.

Incominciarono a rivitalizzare quelle colture:tutto doveva essere biologico-

Introdussero quindi piante,animali e insetti che avrebbero protetto le loro messi senza sostanze chimiche.

Alcuni campi sarebbero restati a maggese,non coltivati,affinchè potessero rigenerarsi.

Costruirono una grande serra per gli ortaggi e frutti di bosco.

Si fecero arrivare un trattore elettrico e incominciarono a lavorare la terra per la coltivazione di cereali.

Applicarono la tecnica della rotazione delle colture e della loro coesistenza.

Eliminarono quindi le monocolture:in caso di malattie delle piante o animali ,usavano cure fitoterapiche e,solo eccezionalmente,quelle di origine chimica.

Acquistarono alcune mucche,alimentate solo al pascolo biologico.La stessa cosa fecero per pecore e capre.In contemporanea costruirono gli impianti per l'allevamento di animali da cortile:galline,polli,anatre,conigli....

Erano lasciati liberi a terra e nutriti biologicamente.

Il lavoro aumentava con l'aumentare delle attività:assunsero persone del posto che li aiutassero soprattutto nell'allevamento e nella trasformazione del latte in prodotti caseari.

Tutto questo richiedeva la costruzione di stalle,di zone recintate e di stabilimenti di trasformazione.

Intanto Umberto,Sandro ,Mario e Francesco insieme alla Green Energy progettarono le loro case e l'agriturismo.

Le case furono costruite in modo da evitare al massimo la dispersione di energia;furono letteralmente rivestite di pannelli fotovoltaici che potevano essere orientati a secondo dell'ora del giorno e della stagione.Fu usata la migliore tecnologia in commercio.

Mario provvide a stipulare contratti con l'Enel sia grid connect , sia a isola ,

Con il grid connect l'azienda "Al Paradiso" si connette alla rete Enel e trasferisce l'elettricità verde prodotta

A sua volta l'azienda utilizza la rete di notte,quando non c'è sole.Periodicamente si calcola il dare e l'avere e viene pagato il saldo a favore di chi risulta in credito.Lo stand alone si applica

a piccoli impianti:l'energia prodotta viene accumulata in batterie sul posto:le batterie tengono vivo il sistema quando non c'è sole.

Naturalmente lo stato concede agevolazioni notevoli per favorire l'energia verde.

Grazie a queste collaborazioni e interazioni i tempi di progettazione e produzione si ridussero notevolmente,come pure i costi.

Ben presto le famiglie poterono usare le casette costruite per loro:deliziose villette con esposizione sui monti,con piccoli orti e giardini fioriti.

L'azienda era ormai operativa.

Francesco,esperto informatico,aveva il controllo di tutti gli impianti.

Nello stesso tempo si prestava a dare una mano ovunque ci fosse bisogno-

Ma questo valeva per tutti loro:tutti per uno e uno per tutti.

Sandro,grazie alle sue abilità ,era sempre in attività.

Mario si serviva della sua villetta anche come ufficio ed archivio della documentazione dell'azienda.

Siccome il lavoro era eccessivo,avevano assunto una ragioniera che studiava all'universtà di Firenze per diventare commercialista.

Era una bellissima ragazza sui 25 anni,dagli occhi verdi smeraldo,luminosi,intelligenti e pieni di vivacità e voglia di vivere.

Quel lavoro,svolto nei fine settimana,le permetteva di finire gli studi e di imparare in pratica il mestiere.E poi le piaceva quel posto:era un paradiso di nome e di fatto.

Samanta era il suo nome.

Maria e Anita erano due cuoche magnifiche:facevano il pane e pasta in proprio con la farina da loro prodotta.

Del resto,tutto ciò che veniva usato in cucina era prodotto dall'azienda:olio,latte,formaggi,frutta,vegetali.Allevavano anche le api per la produzione del miele.

Era stato costruito anche un locale sartoria per Anita con prospettive di creare in futuro abiti di qualità.

Insomma,mano a mano che il complesso si ampliava,sempre più persone erano necessarie per la sua gestione e sempre più persone del posto venivano occupate come cuochi,camerieri inservienti..

Insomma l'azienda stava decollando in maniera rapida assumendo dimensioni impensabili agli inizi.

Ben presto ,però, gli amici si accorsero che l'opera avevano intrapreso era molto più onerosa di quanto pensassero.

D'accordo con gli amici ,Mario andò a parlare con il direttore della Banca Etica.

Espose i problemi che avevano incontrato e chiese consiglio:dovevano accontentarsi di realizzare solo una parte del loro progetto iniziale o la Banca poteva finanziarli per il progetto nella sua totalità?

Mario era pronto a venire strapazzato dal direttore con qualche minaccia accennata di azioni legali,espropriazioni..

Ma, con sua sorpresa ,non fu così.

"Veda-rispose il direttore- noi siamo una banca etica,non estorsori.

Vogliamo venire incontro ai nostri clienti,se le richieste sono ragionevoli e oneste.

Le dirò che mi sembrava un po' poco quello che avete chiesto per il vostro progetto,ma ho voluto che provaste.Ora ,io non posso decidere nulla,debbo parlare con il consiglio di amministrazione e i responsabili della banca.

Non prometto nulla,ma vi assicuro che ci metterò una buona parola.".

Dopo una settimana fu convocato alla Banca e fu introdotto in un ufficio dove ad aspettarlo c'era il direttore e Il ministro degli interni Santapaola,il quale continuava ad intessere la sua rete.

"Lei è meravigliato di vedermi,vero?Sì,sono il ministro degli interni .

In realtà io sono molto interessato ai progetti come il vostro.Sono convinto che sia la strada giusta per portare l'Italia fuori dal pantano in cui si è immersa.

Quello che dirò deve assolutamente restare privato tra lei e me.Non avrei difficoltà altrimenti a spazzarla via.E' l'interesse dell'Italia che è in gioco,nè il mio ,nè quello vostro.

Ho il privilegio di poter consigliare la Banca,che del resto è stata creata su mia iniziativa.

Le altre banche stanno portando l'Italia alla rovina.

Non sono interessate allo sviluppo dell'economia,dell'occupazione,ma solo ai loro sporchi avidi interessi.Mi sono interessato molto di lei,prima di consigliare alla Banca di finanziarvi.Lei è una persona abile,intelligente e volitiva; ha anche una certa spregiudicatezza che a volte è necessaria.Penso che lei possa essere utile alla causa che ho in mente,Sapevo già che il finanziamento iniziale non sarebbe stato sufficiente.

Ma ho voluto che ve ne accorgeste da soli e che capiste il mio interesse per voi e la vostra attività.

Mi segue?-chiese a Mario che era sbalordito e intimorito-

"Cosa sta succedendo?Il ministro degli interni che vuole aiutarci?Cosa c'è dietro?Cosa possiamo fare noi per lui?"-si chiedeva in silenzio,mentre gli sudavano le mani-

"Per farla breve-continuò il ministro- noi abbiamo stabilito di darvi il finanziamento che chiedete. Naturalmente anche voi dovete fare la vostra parte.

Innanzi tutto,un mio uomo entrerà nel consiglio di amministrazione e diventerà socio per la quota che vi finzieremo.

Per la mia carriera politica ho bisogno di pubblicità positiva e di farmi conoscere.

Sarà lei a farci pubblicità con i media e noi l'aiuteremo con i nostri mezzi.

Vogliamo inoltre che stipuliate un accordo con me con cui vi impegnate a ospitare alcuni membri delle forze armate che vi indicheremo,a condizioni vantaggiose per voi e per loro.

Noi incoraggeremo molte famiglie degli ufficiali delle varie armi a frequentare per le vacanze e i fine settimana la vostra azienda:diventeranno vostri clienti abituali

Inoltre un locale che sarà costruito da noi a nostre spese sarà a nostra disposizione,quando e come vorremo per le nostre riunioni.

Per il momento non pensiamo di chiedervi molto:è un accordo di interesse comune.

Voi dovete diventare l'azienda tipo,per l'Italia,dovete dimostrare che il vostro modello funziona e che io Santapaola,sono l'uomo ideale per aiutare l'Italia ad uscire dalla condizione in cui è caduta.

In quanto a lei,se è la persona che ho intuito,mi sarà molto utile per incarichi futuri ..

Che ne pensa?"

Mario era spaventato e perplesso:"

Dove ci stiamo cacciando?Dove vuole arrivare questo militare?Saremo coinvolti in qualcosa di illegale ?"-Prese tempo e disse:"

Debbo parlarne con i miei soci.Lei ci onora con la sua proposta e ci tira fuori da una situazione difficile.

Mi permetta però di farle alcune domande,che senza dubbio mi faranno i miei soci:"

Possiamo essere implicati in situazioni pericolose o poco chiare,è tutto legale?"-

"Voi non correte alcun rischio e non commettete nulla di illegale.Vi chiedo solo di stare zitti su quanto vi ho detto e sulle riunioni che avverrano nel locale che faremo costruire per noi,a nostre spese.Voi non sapete nulla e nulla dovete sapere.Ma dovete tenere il massimo riserbo.

Solo nel caso in cui aveste la lingua lunga,solo in quel caso passereste sicuramente seri guai.

Ci siamo capiti?"-concluse il Santapaola-

"In quanto a lei,al momento giusto,se si sarà dimostrato la persona che io penso che sia,saprò come utilizzarla e solo allora conoscerà altri particolari.Aspettiamo quanto prima una vostra risposta-ribattè il Santapaola e uscì-

Mario,dopo essersi fatto promettere che nessuno doveva sapere di quella conversazione,tantomeno i figli,riferì tutti i particolari agli amici.

Dopo una lunga conversazione,dubbi e perplessità tutti furono d'accordo che non avevano altra possibilità che accettare.

Mario riferì al direttore,soddisfatto,che la proposta era stata accettata.

Il direttore riferì che la persona che sarebbe entrato nel consiglio di amministrazione sarebbe stato Paolo Condò,ufficiale della Guardia di Finanza ,che si sarebbe congedato a tale scopo.

Il Santapaola fece un discorso simile anche all'Azienda "Green Energy".

Convocò i suoi dirigenti:Luca e Debora,Alfonsi e Lo Cascio:anche loro furono sorpresi di trovarsi di fronte al Ministro degli interni.

Anche a loro il Santapaola fece un discorso simile a quello che fece Mario.

Sottolineò che la "Green Energy" avrebbe avuto necessità di grandi investimenti:non solo aveva per loro in mente di far costruire altre imprese,ma di indurre il governo ad appaltare grandi lavori per i beni pubblici,soprattutto scuole e costruzioni adibite a funzioni pubbliche, al fine di renderle più ecologiche e di produrre energia verde.

Lo stato avrebbe non solo fatto grandi risparmi ,ma avrebbe promosso la cultura verde.

Spiegò che gli appalti sarebbero stati manovrati a loro favore.

Naturalmente si aspettavano qualcosa da loro:

ripetè il discorso di aver un proprio uomo nelle proprietà e nel consiglio di amministrazione,che avrebbe finanziato i nuovi investimenti,tramite la Banca Etica.

Sottolineò inoltre che il progetto sarebbe anche servito a far conoscere lui stesso, come l'uomo illuminato che aveva ispirato quelle operazioni..Ciò sarebbe servito alla propria carriera politica.

Luca e gli altri capirono che o accettavano o il Santapaola li avrebbe ostacolati e costretti a chiudere l'attività.

E così accettarono:in fin dei conti a loro non veniva chiesto nulla di illegale direttamente.

Loro non conoscevano ,nè volevano conoscere ciò che il Santapaola voleva fare,anche se incominciavano ad intuirlo.

Ma era in gioco il lavoro di tante famiglie.

E in definitiva cosa voleva fare il Santapaola?

Incoraggiare l'economia verde e diffonderla nell'economia dell'Italia.

Cercava insomma il bene della nazione.

E' vero che voleva servirsene anche per i suoi progetti politici personali.

Ma questo non era affar loro.

Se loro rinunciavano,il Santapaola avrebbe trovato un'altra impresa che li avrebbe messo fuori mercato e avrebbero dovuto chiudere.

Misero da parte quindi ogni scrupolo morale.

Se volevano sopravvivere ,dovevano sottostare alle regole del gioco.

Loro comunque avrebbero concorso allo sviluppo dell'economia nazionale.

Cap.13

Con il nuovo impulso dei nuovi finanziamenti l'Azienda" Al Paradiso" decollò-
Un buon impulso a questo successo furono non solo i nuovi finanziamenti della Banca Etica,ma anche l'afflusso e la pubblicità che portarono i familiari degli ufficiali dell'arma durante le vacanze e i fine settimana.

Ne parlavano con tutti quelli che potevano entusiasticamente e a ragione.
Anche Mario giocò un ruolo importante,grazie alle sue capacità.

Una volta che il complesso fu terminato e diventò del tutto operativo prese contatto con i rappresentanti delle associazioni ambientaliste:fece loro notare che era sorto un polo che si basava e attuava le finalità dell'energia verde,della cultura del biologico,del risparmio energetico e del riciclaggio.

In quel complesso era attuata la raccolta differenziata:il solido veniva venduto a imprese interessate;l'umido veniva utilizzato per fare la composta per produrre fertilizzanti naturali e energia dal biogas.

Insomma lo scarto che veniva abbandonato nei cassonetti era minimo.

Era un esperimento che dimostrava come la rivoluzione verde era fattibile e favoriva l'occupazione: molti lavoratori del posto furono assunti mano a mano che l'azienda si espandeva.

Parlò anche dell'interessamento al progetto del Ministro dell'interno Santapaola,che onorava la comunità con visite personali e familiari frequenti e non era avaro di incoraggiamenti e consigli.

Lui aveva impegnato la sua parola e autorità presso la Banca Etica affinchè finanziasse progetti simili.Diceva spesso,anche ai mass media che il futuro dell'Italia era nell'economia verde e nel turismo:

Di sole e bellezze archeologiche e artistiche eravamo tra i paesi più ricchi del mondo.
Questa era la ricchezza che dovevamo sfruttare".
Fu anche intervistato spesso dai media,sollecitati anche da amici compiacenti.
Mario fece la sua parte.

I giornali delle associazioni ecologiste incominciarono a scrivere articoli,a fotografare,a fare interviste;incominciarono a venire anche televisioni,anche dall'estero.

D'accordo con il Santapaola,la loro collaborazione andava cementandosi,pensò che era il momento giusto per dare all'azienda la massima pubblicità.

Furono invitate autorità,fra cui in primo piano il Santapaola e molti ufficiali delle varie armi.
Si doveva far comprendere che i militari appoggiavano quelle iniziative.
Naturalmente parteciparono anche i media;molti anche di altre nazioni.

Fu organizzato anche un pasto per ospiti selezionati:in prima fila il Santapaola e i suoi amici: era il momento di incominciare a far fruttare i finanziamenti investiti.

Tutti espressero il loro apprezzamento anche per il cibo.Erano entusiasti per i gusti antichi a cui non erano più abituati e quindi per loro piacevolmente" nuovi"che le coltivazioni e l' allevamento biologici restituivano.

Tutti ammirarono il complesso e le tecnologie impiegate nel rispetto della natura e tutti andarono via pensando che fosse stato creato un piccolo paradiso.

Lo pensavano e lo scrissero e lo diffusero sui mass.media.
Arrivarono richieste di interviste e sopralluoghi anche dall'estero.
Le notizie di quel paradiso raggiunsero il cuore delle persone

Un ritorno alle origini,senza i rumori e i veleni del tran tran quotidiano:pace,serenità ,bellezza e cultura.

E poi Castelfoscoli era in una posizione magica.al centro delle zone turistiche più belle del mondo: Firenze,Pisa,Viareggio,il mare.Volterra,San Gemignano erano tutte località ricche di arte e bellezza a pochi chilometri da Castelfoscoli.

Era così possibile conciliare una vacanza culturale con una vacanza ristoratrice e risanatrice., prima di tutto dell'anima.

L'azienda aveva comprato un furgoncino a motore elettrico,con cui portavano i turisti ogni giorno a visitare le città d'arte.

Li portavano sul posto e ,mentre i turisti visitavano le località,il furgoncino veniva ricoverato presso un garage convenzionato.Chi lo desiderava,poteva avere anche una guida turistica.

Ogni giorno andavano in un posto diverso.

In seguito i furgoncini sarebbero stati incrementati di molto,vista la grande richiesta.

C'era anche un maneggio con cavalli e pony con cui,anche a piedi,venivano organizzate gite attraverso i boschi incantevoli dei dintorni,ricchi di torrenti affluenti dell'Arno,fra cui:la Chiecinella,il Roglio e il Carfalo.

Chi lo desiderava poteva prendere una delle tante bici a disposizione per visitare i dintorni.

C'erano anche due piscine per chi voleva scaldarsi le ossa al sole e rinfrescarsi nelle acque limpide.

Maria era una padrona di casa ospitale,calorosa e semplice:

gli ospiti si sentivano a loro agio

Dirigeva l'agriturismo con calorosa cordialità.

Le persone venivano a comprare dai borghi e dalle città vicine,ma sempre più lontane,mano a mano che la voce sull'azienda si estendeva.

Eppure i prezzi non erano bassi:l'agricoltura biologica aveva costi un po' più alti,almeno finchè non si fosse estesa maggiormente.

"Ma meritava il gioco,meritava la candela"-dicevano-

"Vuoi mettere quei gusti,quei sapori:e poi tutto naturale..era tutta salute"

Per molti di loro era diventata un'abitudine passare i fine settimana lì e fare scorte di cibi.

Alcuni non si accontentavano:volevano vedere,toccare.

Allora Adriano,Eleonora e Adriana spiegavano,mostravano,rispondevano alle domande,finchè alcuni chiesero se potevano affittatre per sé un po' di terreno,di serra per imparare a coltivare anche loro.

Fu così che si incominciò ad affittare,parti di terreno,singoli alberi,parti di terreno incolti.

Le persone "adottavano" per così dire,anche i singoli animali.

La cura era lasciata all'azienda,ma quando gli interessati erano presenti erano loro personalmente a prendersene cura,aiutati da qualche esperto a loro disposizione.

I frutti prodotti erano loro e potevano raccoglierli personalmente.

Potevano così avere il piacere di sentirsi colivatori e allevatori,pur abitando in città.

Era un piacere immenso questo ritorno alla terra.

Stavano in compagnia,nascevano nuove amicizie,vivevano in un paradiso:si riposavano dalle fatiche della "civiltà".

Arrivavano richieste dall'estero,dalla Francia,dalla Russia..persino dalla Cina.Era il boom!

L'affluenza di tanta gente,a causa dall'inquinamento prodotto dai mezzi di trasporto,stava rovinando l'aria dei dintorni.

L'azienda vietò l'accesso ai mezzi di trasporto,se non a quelli autorizzati espressamente.

Si era però stabilito che i mezzi inquinanti si sarebbero femati a Pontedera:

avrebbe provveduto l'azienda a prelevare i clienti con furgoni elettrici e a riportarli indietro.

I figli dei nostri amici studiavano a Firenze,vi venivano portati ogni giorno da Sandro-

Avevano scelto tutti studi che li avrebbero specializzati in qualche ramo dell'azienda;informatica,ingegneria,agronomia,ma anche le lingue e l'amministrazione:insomma i loro studi li avrebbero portati a lavorare direttamente nell'azienda,in qualche ramo di essa.

Nel frattempo si divertivano come tutti i giovani,suonavano con una loro band facevano sport.. insomma vivevano pienamente una vita sana e piena di prospettive.Erano felici,anche se non erano immuni dalle inquietudini dell'età e dei tempi.

Nel salone adibito a ciò si facevano di tanto in tanto grandi feste a cui partecipavano tutti,anche i turisti:I giovani suonavano con la loro band,apprezzati anche dai turisti.

Ma che ne è stato di Toiano? L'avevano dimenticata?

No.Era stata solo temporaneamente accantonata in attesa di tempi opportuni.

Ora i tempi erano maturi.Mario ne parlò con il Santapaola e gli illustrò la potenzialità del progetto

Il Santapaola ne fu anche lui contagiato:avrebbe lui pensato a convincere il sindaco di Palaia a far arrivare acqua ed elettricità a Toiano.

Innanzi tutto acquistarono una catapecchia in rovina situata di fronte alla piazza che una immobiliare non vedeva l'ora di liberarsene:nessuno voleva quei ruderi pericolanti.

L'acquistarono quindi con poco.

Al posto della casa decrepita,che fu abbattuta,fu costruito un edificio della stessa tipologia,ma completamente ecologico.

Al piano terra fu costruito un grande ristorante che continuava all'aperto,verso la piazza.

Su parte della piazza fu eretta una pedana per l'orchestra e una pista da ballo.

La chiesa sconsacrata fu messa in sicurezza :sapeva che i vecchi altari e gli affreschi sarebbero stati un'attrazione per i turisti..

Intorno alla piazza c'erano alberi da frutto e da ornamento ormai inselvatichiti,piantati chissà quando e da chi: ci avrebbero pensato Adriano,Eleonora e Adriana a farli rivivere.

Le mura dell'antica fortezza furono rinforzate.

Dietro il portone d'ingresso del borgo c'era un baratro,che era servito da immondezzaio.

C'era di tutto:vecchie lavatrici,vecchi mobili,bidoni di materiali maleodoranti..Il tutto era affogato nella vegetazione che stava inghiottendo il borgo.Fu tutto asportato e ripulito.

Le altre case non costituivano un problema:sarebbero state in breve ripopolate dopo la trasformazione di Toiano.

Alla fine la rocca apparve in tutto il suo splendore e il suo fascino antico,arricchita dalla tecnologia moderna ecologica e biologica.

Nelle sere d'estate ,al tramonto,quella rocca restaurata era incantevole.

Sulla testa c'era il creato,un'immensità di stelle e costellazioni palpitanti,di fronte : tutta la vallata.da San Miniato alle Apuane e Volterra,e nel mezzo un mare di colli coperti da borghi che incominciavano ad illuminarsi,da calanchi che spuntavano dalla terra come denti,da speroni di tufo e boschi,tanti boschi che si alternavano a verdi prati,che sembravano onde di un mare agitato dal vento.

In fondo il tramonto che scendeva dardeggiando sui borghi e sui monti e che piano piano,spegnendosi,si trasformava in colori più tenui,teneri:giallo,arancione per spegnersi poi nell'abbraccio delicato del buio.squarciato solo dalle luci che andavano accendendosi nei borghi.

Che vista incomparabile si vedeva da Toiano!

Fu acquistata e riattata anche la fattoria che avevano visto sulla salita sterrata,prima di entrare nella rocca.

La salita era lunga 5 Km:sarebbe restata sterrata,come nel passato,ma riattata.

Nessuno avrebbe potuto salire o scendere con mezzi a combustione:si sarebbe potuto usarla solo con la navetta elettrica dell'azienda.

Per renderla più suggestiva furono sistemati ai suoi bordi ad intervalli regolari ,dei lampioni che ricordavano delle torce,alimentati con energia solare o.di notte,con batterie ad accumulo,il cosiddetto sistema ad isola.

Era fantastico inerpicarsi per la salita sterrata che ad ogni sua svolta offriva un paesaggio sempre nuovo che incantava.Non era più larga di 3 metri.

Gli ospiti dell'azienda potevano cenare a Toiano invece che all'agriturismo,se lo preferivano e molti lo preferivano.

La conduzione fu affidata ad una famiglia di amici,abili ristoratori che veniva da Taranto.

Oltre che dall'orchestra e dalla pedana da ballo però,la cena sarebbe diventata indimenticabile per gli ospiti grazie ad uno spettacolo di luci e suoni ispirato ad una storia veramente accaduta:
la storia della bella Elvira.

Il fatto era accaduto il 5 giugno del 1947.

Una bellissima contadina di nome Elvira, Elvira Orlandini,di 22 anni esce di casa per attingere acqua presso una fonte vicino casa.

Ma non torna a casa;la bella Elvira fu trovata sgozzata,quasi decapitata al Botro della Lupa,un posto vicino casa,situato nei boschi tra Palaia e Toiano.

E' seminuda e le manca un indumento intimo che indossava prima di uscire.

Venne incolpato il fidanzato:Ugo Ancilotti,contadino anche lui,da poco tornato dal servizio militare.

Si scatenò un clima tanto acceso tra innocentisti e colpevolsti che il processo fu sottratto a Pisa e trasferito a Firenze,per "legittima suspicione".

L'isteria collettiva non si calmò e fu portata anche nelle aule giudiziarie.

C'era chi faceva scommesse sulla sentenza.

Suscitò clamore anche all'estero.Molte furono le lettere anonime che arrivarono alle autorità giudiziarie.

Non mancarono i rabdomanti,i maghi.

Ma non fu trovata neppure l'arma del delitto.

Alla fine,dopo due anni di carcere,l'Ancilotti fu dichiarato innocente per mancanza di prove e scarcerato.

Il volto sorridente della bella Elvira oggi si può vedere su un cippo marmoreo sul luogo dove fu assassinata,una strada nel bosco tra Palaia e Toiano.

Mario pensava che quella storia,ancora viva nella mente degli anziani del posto,doveva essere risuscitata:avrebbe avuto un grande impatto sui mass-media.

Alla serata di inaugurazione erano presenti molti invitati e mass.media:naturalmente c'era anche il Santapaola ,come ospite d'onore,con vari ufficiali della varie armi che frequentavano con le mogli l'azienda Al Paradiso.

Colpirono molto gli invitati le luci a fiaccola lungo la strada sterrata;restarono anche sorpresi della bellezza del posto e del ristorante.

Forse quelo che li colpì di più fu la bontà del cibo e del vino.

Ma il paesaggio al tramonto lasciò tutti senza fiato.

Ci fu anche musica e balli.Una notte incantata in un posto incantevole.

Quando tutti si stavano accomiatando ,compresi i mass-media,congratulandosi con Mario per la splendida serata e per le bellezze del posto,Mario invitò i presenti a non andare ancora via.

Il meglio doveva ancora venire.

Le luci si spensero e un gran fascio di luce illuminò come una lama il bosco sottostante.

Si sentì una voce,calda molto ben impostata :"

Nel bosco sottostante una notte del 5 giugno 1947 la bella Elvira,una contadina del posto, fu sgozzata e lasciata morta in una pozza di sangue presso la località Botro della Lupa".

Mentre la voce continuava a parlare,una musica cupa,triste accompagnava le immagini che si susseguivano su un telo posto di fronte agli spettatori,di fronte al ristorante.

"Ecco la bella Elvira,come appare nella foto posta a memoria sul cippo marmoreo posto sul luogo del suo assassinio".

Apparve la foto e la luce divenne rosso sangue.

La musica divenne violenta,sempre più alta e incalzante,come violento dovette essere il colpo che quasi staccò la testa della bella Elvira.

La musica divenne tambureggiante e le luci intense e alterne:si passava dal rosso sangue ,alla luce abbagliante del sole quando si posava sulla foto.La voce continuava ,drammatica,sempre più forte e cupa:"

Chi ha ucciso la bella Elvira?

Nessuno lo sa,

Elvira lo sa, la bella Elvira conosceva il suo assassino."

Colpi di tamburo intensi e veloci.

Si ode una voce lamentosa ,quasi di pianto:"

Dove sei mia bella Elvira?Dimmi dove sei!

Dimmi chi ti ha ucciso affinchè io possa vendicarti.

Dove sei mia bella Elvira?

Nelle notti fonde,come quando fosti uccisa,io sento la tua voce portata dal vento tra i rami degli alberi,tra gli anfratti.

Tu mi parli ma io non comprendo"-La musica imita il fruscio del vento tra le fronde e gradualmente si spegne in un sussurro-

"Dimmi dove sei mia bella Elvira,dove posso trovarti,dove posso vedere il tuo volto così giovane e luminoso.

Parlami mia bella Elvira!-invocazione-Elvira..Elviraaaa..

La morte non ha voce.

Il silenzio,l'orrido silenzio ha inghiottito per sempre la tua voce cristallina.

La tua tomba tace,mentre il mio cuore urla e la mia mente brucia attraversata da una lama infuocata.

Elvira rispondimi!Parlami mia bella Elvira!

Elvira..Elviraaaa accarezzami ancora.Fammi ancora sentire il tuo profumo,il profumo dei tuoi capelli...

Io sento le tue carezze dolci,languide..Elvira.. sento i tuoi baci,io fremo ancora quando ti sento,sento che ti stringi ancora a me,quando il vento mi porta la tua fragranza e nel vento ti nascondi per sussurrarmi il tuo amore...

Elvira,vieni a me nella brezza della notte,ricordami le tue parole d'amore dolci come il miele.

Elvira,mia bella,mia cara Elvira ..Nella tomba ti troverò e lì nessuno potrà separarci.

La tomba sarà il nostro nido d'amore..

A presto..a presto mia bella Elvira..

Saremo ancora insieme,per sempre!

Elvira..Elviraaaaa" -come un lamento lungo,,sempre più fievole..

La voce tace,la luce scompare..

Un violento suono di tamburi...-

La manifestazione si conclude.

Tutti i presenti hanno provato un brivido di terrore..Sembrava sentire parlare Elvira,si avvertiva quasi la sua presenza.

Dopo un attimo di stordimento,l'uditorio ,quasi tornando in sé,esplode in un fragoroso applauso liberatorio.

"Meraviglioso,bello,bello.Uno spettacolo irripetibile!"-Quasi grida la folla dei presenti.

Tutti si congratulano con Mario.I mass-media chiedono una copia dell'avvenimento.

Mario ne aveva già preparate molte.

Prima di terminare però presenta Il Santapaola ai presenti:"

Tutti riconoscete il ministro degli interni,il generale Santapaola.

Ebbene ,se questa azienda è potuta crescere,se questo progetto si è potuto realizzare lo dobbiamo a lui.E' grazie al suo personale interessamento,alla sua illuminata guida e soprintendenza,che persone senza fondi ed esperienza hanno potuto creare una azienda come questa che è senza dubbio il segno del risveglio dell'umanità ad un nuovo modo di vivere,un ritorno alla natura e al naturale.

Come ringraziamo la Banca Etica,che ha creduto e finanziato il nostro progetto.

La Banca Etica è un altro frutto della genialità e lungimiranza del Santapaola."

Un lungo applauso dei presenti..

Il Santapaola gongolava e già pensava come utilizzare un uomo prezioso come Mario per il suo progetto finale , molto più vasto di quell'azienda con la quale aveva messo alla prova la sua lungimiranza e abilità.

Tutti i media prenotarono interviste con il Santapaola e partecipazioni a spettacoli e manifestazioni.

Il Santapaola era al settimo cielo..

Questo era l'inizio del suo trionfo.

A presto il mondo si sarebbe accorto di LUI!

Il delirio di onnipotenza che era in lui,cresceva,era un mostro che lo divorava e l'avrebbe portato alla rovina.Purtropppo non solo sua.

Toiano non era più una città fantasma.Il fenomeno dell'azienda Al Paradiso scavalcò le Alpi.

Cap. 14

Ormai il tempo per il colpo di stato stava maturando.

Il Santapaola e il Vitale si riunirono con i militari della prima ora :il colonnello Alberto Alberti,Vito Vitale.Mulè,Di Donato,San Vito,Rossi,Moschin,il Condò e alcuni del servizio segreto,che collaboravano con loro nel locale a loro riservato presso l'azienda Al Paradiso.

Si tirarono le file.

Il Santapaola e il Vitale erano ormai al governo .

Avevano il controllo della Banca Etica e delle aziende La Fratellanza e Al Paradiso..

Il Nome di Santapaola era sulla bocca di tutti:era ormai considerato l'uomo della provvidenza.

Aveva arginato il fenomeno dei Robin Hood:molti erano stati gli arresti di groppuscoli che ,istigati dai servizi segreti,avevano compiuto opere delittuose nel nome di Robin Hood,ormai screditato.

Il Santapaola aveva lanciato la sfida anche alle mafie,sottraendo le ricchezze dei mafiosi arrestati e contribuendo a formare l'azienda La Fratellanza.

Aveva il controllo della società Green Energy di cui si sarebbwe servito in seguito ,dopo aver conquistato il potere,per realizzare l'Italia verde che sognava..

Avevano accumulato armi ed esplosivi nei depositi acquistati dal commercialista Maurizio Schifani.

Ormai,grazie al buon lavoro dei servizi segreti, erano stati reclutati alla loro causa molti ufficiali delle armi dalla testa calda e pronti all'azione,i quali però non dovevano avere nessun contatto col gruppo Santapaola,nè conoscerne le intenzioni.Dovevano pensare che erano loro,autonomamente a fare il colpo di stato.

Loro stessi si erano assicurati la complicità di molti ufficiali,che ,al momento opportuno si sarebbero schierati con loro apertamente.

Cosa restava da fare?

I soldi iniziarono a mancare alla Banca Etica:bisognava dare impulso ad altre iniziative ,da finanziare molti progetti ,a cui si sarebbe dato pubblicità al momento opportuno,occorreva assoldare altri gruppuscoli di Robin Hood,per creare apprensione nella popolazione.

Come pure altre azioni criminali,terroristiche dovevano essere promosse:naturalmente anche queste manovrate dal Santapaola,che,dopo averle create,le avrebbe distrutte ,prendendosi il merito e imponendosi sempre più agli occhi del popolo come l'uomo della provvidenza che avrebbe salvato l'Italia dall'anarchia e promosso l'occupazione e uno sviluppo verde sostenibile.

Questo messaggio doveva giungere nelle fibre,nel cuore delle persone.

Dovevano invocare il suo intervento per mettere le cose a posto.

Per tutto questo servivano soldi,tanti soldi.

Il Santapaola propose che i militari di tutte le armi fossero incoraggiati a accreditare i loro stipendi e rendite presso la Banca Etica.Sarebbero sorte altre filiali in tutta Italia per favorire questo progetto.

Ma soprattutto doveva essere finalmente attuato il progetto che stava a cuore ai giovani:a Marco,a Pino,a Clara e Susanna.

Erano stati messi alla direzione de "La Fratellanza ",ma avevano lo scopo di preparare in segreto la loro vendetta:sottrarre alla banca che aveva indotto al suicidio Francesco,il padre di Marco. tutti i suoi beni..

Era il tempo di incoraggiarli a muoversi.

I giovani in realtà si erano già mossi.

Avevano preparato il colpo da Hacker.

Pino era un geniale informatico,ma sapeva che se qualcuno dall'interno,che ne conoscesse i meccanismi e i segreti non l'avessero aiutati l'operazione non poteva andare in porto.

Pino disse ai suoi amici:"

Io conosco l'uomo giusto che fa al caso nostro.abita a Milano,e lavora alla direzione della banca:ne conosce tutti i segreti.e siamo amici dal tempo degli studi universitari e avevano fatto insieme ricerca.

Si chiama Eugenio Scalfari.E se lo conosco bene ,non sarà difficile convincerlo.

Era un genio in materia,quasi come Pino,e per questo era stato assunto alla banca e gli vennero in breve affidate responsabilità notevoli,proprio nel campo della gestione del sistema elettronico di gestione e controllo.

Eugenio era un tipo sui generis,anarcoide,capelli lunghi,vestito sempre casual,per non dire trasandato

Sempre con la testa fra le nuvole,difficile nei rapporti con gli altri,molto isolato,sempre arrabbiato e musone.

Era arrabbiato col mondo,con le autorità,con tutti.

Critico,insoddisfatto,non gli piaceva la sua vita,non gli piaceva la vita.

Provava gioia solo nel lavoro,in cui eccelleva.

In banca passava la sua vita tra computer e programmi,a risolvere problemi e a inventare nuovi programmi operativi che rendessero più veloce e sicuro il sistema

Per questo era stato assunto.

Sì era strano,un po' asociale..ma questa era la sua vita privata.

Alla Banca interessava che fosse affidabile,ma soprattutto capace e in questo non c'era nessuno come lui.La banca aumentava i suoi profitti,anche grazie a lui , e questa era la cosa più importante.

In seguito avrebbero pensato il modo per sfruttare ancora meglio le sue riconosciute e invidiate capacità.

Le stranezze di comportamento non erano preoccupanti,

La sicurezza della Banca non era in questione.

Anzi,in quanto a questo,prima di affidargli compiti importanti,lo avevano sottoposto ad indagine da parte delle migliori agenzie investigative.

Un uomo strano,ma non pericoloso:originale,Questo fu il rassicurante rapporto,analogo a quello di psicologi che lo avevano studiato.

Era onesto,gentile,senza amicizie pericolose;non frequentava organizzazioni politiche,non partecipava a manifestazioni di sorta.

Solo casa e lavoro e qualche passeggiata,qualche vacanza in montagna.

Niente ragazze fisse,qualche fugace relazione di tanto in tanto.

Insomma la sua vita era il lavoro;e loro lo avrebbero fatto lavorare o,meglio,lo avrebbero sfruttato per farlo felice,visto che ciò gli dava felicità.

Nella sua vita aveva avuto un amico:Pino.

Avevano studiato insieme,si stimavano a vicenda e le loro capacità si potenziavano quando lavoravano ad un progetto insieme.

Erano felici di sperimentare,inventare,creare,di fare cose che nessuno aveva loro insegnato e che solo loro sapevano fare.

Questo li esaltava e univa,soprattutto Eugenio ,che aveva poco altro dalla vita.

Con Pino riusciva ad aprirsi,a parlare delle sue aspirazioni,ad andare a fare passeggiate e gite.

"Odio la vita.Ovunque vedo sporcizia,ipocrisia,malvagità,lotta per il potere.

Il denaro sempre e a tutti i costi è il Dio di questa società.Il resto è niente.

Onore,dignità,altruismo sono merce sempre più rara.

Anche l'amore:non vedi come le famiglie si sfasciano.Durano pochi mesi,pochi anni e poi ognuno per la sua strada.E i figli?

I figli sono un ostacolo alla propria felicità,al proprio egoismo. Le donne sono in vendita:madri che si concedono per arrotondare lo stipendio;studentesse che cedono il loro favore ai docenti in cambio di un voto,di un telefonino,di una particina.

L'amore è in vendita,come una qualsiasi merce.

Hai visto i miei genitori?:

Eravamo tre figli e loro ci hanno abbandonato,hanno divorziato.

Lui aveva l'università,il grande professore,i suoi successi.Non aveva tempo per i figli.

Lei aveva i suoi amanti ,il bel mondo.

E noi figli?

Abbandonati a tate,parenti ,collegi.

Che schifo la vita,che schifo l'umanità! Che salti pure tutto in aria!"-Con Pino si apriva,era a volte come un fiume in piena,sentiva che gli voleva bene-

E Pino lo lasciava sfogare,ascoltando e incoraggiandolo.

Il lavoro li aveva separati.

Ora Pino era andato a Milano ad incontrarlo a casa sua.

Dopo che Pino ebbe ottenuto da Eugenio l'assicurazione che quanto gli avrebbe detto doveva restare segreto,comunque,che avesse accettato di collaborare o meno,Pino gli raccontò tutto su Robin Hood.

Eugenio taceva,ma il suo cuore batteva forte,all'impazzata.

Avrebbe voluto gridare:"

Bravi!E' proprio quello che andava fatto!Allora siete voi i Robin Hood?"

Pino:" Sì Eugenio,siamo noi".Che ne pensi?"-gli disse un po' timoroso della risposta,benchè sapesse che avrebbe accettato,se lo conosceva-

"Che ne penso?Ma è meraviglioso! E' quello che ci voleva per la mia vita inutile e sprecata.

Ma in che modo io posso rendermi utile?"-chiese-

"Il tuo ruolo è essenziale-lo rassicurò Pino-

Noi vogliamo colpire duramente il sistema bancario e finanziario:il maggior colpevole della situazione attuale dell'economia mondiale,oltre alla globalizzazione.

Ma sono cose che tu conosci molto bene e condividi con noi.

Ora piuttosto parliamo di cose pratiche,del tuo ruolo.La Banca che ha spinto al suicidio i genitori di Marco è proprio la tua."

-"Non lo sapevo"-

"Noi vogliamo colpire duramente e per prima proprio la tua Banca.Tu ed io siamo due abilissimi informatici:Abbiamo lavorato insieme a lungo e conosciamo e stimiamo le reciproche capacità.

Come sai,c'è già stato chi è riuscito ad introdursi nel sistema informatico del governo USA,superando tutti i sistema di sicurezza.Pensi che noi siamo da meno?

Poi noi partiamo con un vantaggio: tu conosci tutti i segreti o quasi dei programmi della tua banca. Alcuni,penso,li hai creati tu stesso".

Eugenio:"

Sì.è possibile che,lavorando duramente,questo si possa fare.Ma a che fine?-

Pino:"

A che fine?

Rovinare la Banca !Ecco il fine.

Sottrarle gran parte del suo capitale e del suo denaro e darlo ,almeno in parte, alle imprese in difficoltà,tramite la Banca Etica,

Ho detto almeno in parte. Perchè per la restante abbiamo un altro piano di cui ti parlerò dopo.

Ma intanto saresti d'accordo su questo?"

Eugenio ci pensò sù:"

La cosa è fattibile.Sì,perchè no?;Mi piace l'idea:un brivido nella mia vita inutile!

I rischi sono tanti,ma per quale vita? Per questa?

Sì, sono con voi ,voglio tentare.E poi il domani sarà quel che sarà.

Oggi è già cambiato qualcosa, incomincio a vivere veramente.

Sì,sono pronto ad incominciare quando volete.Però,avete dimenticato una cosa..

Dopo il colpo le indagini verranno fatte subito su di me.Chi meglio di me può avere le capacità e le possibilità di forzare il sistema informatico della Banca? E da me,arrivare a voi il passo è breve".

"Ci abbiamo pensato.lo rassicurò Pino-

Tu non potrai più restare in Italia,nè conservare il tuo nome e la tua immagine.

Ne abbiamo parlato con i militari che partecipano a questa azione.

Loro vogliono preparare un colpo di stato.

Hanno molti amici tra le Forze armate delle varie armi,con cui stanno già lavorando e preparando i piani.Molti appartengono agli alti e altissimi ranghi e ai servizi segreti.

E' una cosa grossa e estremamente seria.

A noi civili,diciamo così ,la cosa non interessa,anzi,in linea di principio saremmo contratri.

Ma a questo punto non possiamo far altro che andare avanti.

Le indagini e i sospetti si stanno avvicinando a noi,

Soprattutto a Maurizio, un nostro affiliato commercialista che ci ha fornito informazioni preziose su un suo cliente.il Francisci,il gioielliere,ne hai sicuramente sentito parlare.Tutta l'Italia ormai lo conosce.

Ora ,nonostante i tentativi di insabbiatura e depistaggio dei servizi e dell'Arma con cui collaboriamo,il Francisci e la polizia stanno arrivando alla conclusione che solo Maurizio poteva avere le conoscenze necessarie che hanno portato alla rapina dei suoi beni.E allora tutto il castello incomincerà a crollare.E tutti noi saremo in pericolo.

Noi ,poi, stiamo diventando un intralcio per i militari.Dopo questo colpo saremo solo dannosi e potrebbero eliminarci.

Non possono farlo però,perchè non siamo stati così ingenui come loro speravano:spremerci fino a che si poteva e poi buttarci via.

Sanno che se ciò accadesse,esiste un documento secretato in luogo sicuro,che,alla nostra morte per cause non naturali,sarebbe diffuso ai media di mezzo mondo.

Noi vogliamo fare questo colpo e poi sparire".

Eugenio:"Sparire? Ma come,dove?".

"Sparire dall'Italia.-rispose Pino-

I servizi segreti deviati ci stanno creando una nuova identità:avremo nuovi documenti perfettamente validi con una nuova identità e una nuova immagine.

Una clinica esperta in chirurgia estetica,che collabora con i militari,renderà irriconoscibili i nostri tratti somatici.

E poi via per le Bahamas,dove i nostri soldi sono amministrati in un conto anonimo su cui solo noi possiamo operare.

Abbiamo già in mente un progetto che ci aiuterà a iniziare una nuova vita ,in un nuovo mondo a nostra misura.Ma di questo ti parleremo dopo.

Che ne dici,non è meraviglioso?"

Eugenio:"

Nome nuovo ,volto nuovo,vita nuova!Finalmente!

Sì ci sto,costi quel che costi!"

Pino e Eugenio stabilirono di vivere insieme a Milano e di collaborare alla preparazione del piano operativo.

Pino aveva dato le dimissioni per avere più tempo da dedicare al loro progetto.

Prima però voleva levarsi un ultimo "sfizio".

Lui era sempre stato contro i giochi d'azzardo che ingrassavano gli introiti dello Stato e dei mafiosi e impoverivano la povera gente,sempre più disperata e pronta ad affidarsi alla "dea della buona fortuna".

Questo vizio stava rovinando la fibra morale della nazione.

La gente non mangiava per giocare,le famiglie si sfasciavano, i figli erano sempre più trascurati.

Per procurarsi i soldi molte donne,anche madri di famiglia si prostituivano;altri ricorrevano agli strozzini,cadendo in un'altra rete mortale che li avrebbe annientati.

Lo Stato si diceva preoccupato per il fenomeno e intanto era lui il più grande biscazziere per tenere in piedi il bilancio dello stato,sempre più dissestato.

Ormai si giocava anche e soprattutto on line.Bastava sedersi davanti al conputer per farsi spennare.

Avvertirono i militari e gli amici di quanto avevano intenzione di fare per aumentare il dissenso sociale,il malcontento,contro le istituzioni.

Si infilarono in tutti i programmi di giochi d'azzardo e li oscurarono o li disturbarono facendo comparire sullo schermo la scritta:"

Robin Hood non permette che il popolo venga depredato e corrotto da avidi approfittatori e da uno Stato rapace e immorale.

Entrate nelle sale gioco,nei casinò e nei bar con videogiochi e distruggete gli strumenti che affamano le vostre famiglie.

Giovani,ribellatevi!

Disoccupati,cassaintegrati,non fatevi rubare il vostro futuro.

Agite!

Voi siete il 90%,I rapinatori della vostra vita solo il 10%.

Se non ora quando?

Agite!"

Interruppero i telegiornali,invasero i media con il loro messaggio.

Il giorno dopo accadde il pandemonio

Il governo fu messo sotto accusa:"Cosa stava facendo?Non vedeva che Robin Hood stava destabilizzando la società invitandola all'anarchia?"

Altri invece affermavano che la protesta di Robin Hood ,anche se errata nelle soluzioni additate,evidenziava un problema reale che stava logorando la fibra morale della società.

Intanto Robin Hood stava entrando nel cuore dei derelitti,degli sfruttati,dei disoccupati,delle famiglie devastate dal problema del gioco d'azzardo.

A volte il malcontento sociale si manifestava già con operazioni violente.

Studenti,operai,pensionati stavano ,anche sobillati dai servizi segreti deviati,scendendo in strada, rompendo macchine da gioco e locali adibiti al gioco.

Ormai il clima sociale per un colpo di stato era stato creato.

Mancava il colpo finale:l'attacco alla Banca.

La gente a parole o nel suo cuore aspettava e si augurava " l'uomo della provvidenza.".

Cap. 15

Pino ed Eugenio ormai erano pronti ad agire:aspettavano solo l'ordine dai militari.

Il Santapaola convocò Marco e gli disse di prepararsi a partire quanto prima.

Era necessario che tutte le 27 persone interessate,che comprendevano pure Dino e gli altri operai della ex ditta di Marco,con le loro famiglie si recassero immediatamente alla clinica ,dove i loro tratti somatici sarebbero stati alterati:non si trattava di gran cosa;ma andava fatto prima che si facessero le fotografie :bisognava attendere anche che le ferite,non profonde,si asciugassero e si rimarginassero bene :il che richiedeva del tempo

Tutti,nel giorno stabilito,si recarono in clinica,dove ebbero luogo gli interventi.

In attesa che le ferite si cicatrizzassero bene tutti gli interessati studiarono i loro nuovi documenti,compresi i ragazzi perchè si familiarizzassero.

Per quanto riguardava i ragazzi,dovevano esserre istruiti bene sul fatto di non far trapelare nulla di quella operazione e della loro vita precedente,ne andava del futuro di tutti.

Stettero abbastanza tempo insieme per potersi familiarizzare con le loro nuove identità

Appena possibile,si fecero le fotografie del loro nuovo aspetto e si prepararono i documenti nuovi, validi a tutti gli effetti.

Furono alterati anche i dati all'anagrafe.

Ebbero anche modo di parlare del loro futuro.

Sarebbe andato tutto bene?E se invece qualcosa andava storto?

Avevano paura;ma paura di che?

Peggio di così non poteva andare.

Cosa c'era per loro in Italia? Una dittatura militare?Un futuro senza nessuna speranza di vita significativa e un presente di sfruttati malpagati,violenza ed anarchia?

Meglio rischiare,andare via..lontano.Meglio formarsi una vita nuova in un nuovo mondo.

"Non scordiamoci che avremo un conto milionario anonimo su una banca di Nassau-disse Susanna-"Dopo il colpo alla banca la nostra parte ,al netto di quanto spetterà ai militari,ammonterà a parecchi milioni di Euro"-aggiunse Paolo- e sto già lavorando per il nostro futuro".

Se abbiamo scelto le Bahamas c'è un motivo preciso.Non abbiamo avuto modo di parlerne con voi in profondità,visto il precipitare degli eventi.

Nassau è un porto franco e i conti bancari sono assolutamente anonimi.

Inoltre è un meraviglioso arcipelago formato da 700 piccole isole e circa 2.300 isolotti rocciosi disabitati.Tutto il territorio è grande all'incirca come la Campania.

Le acque,alte dai due ai sette metri,sono assolutamente limpide,verdi come lo smeraldo,circondate dalla barriera corallina.,

Il clima è sempre primaverile:va dai 20-21 gradi in inverno ai 27-29 gradi in estate.

Le spiagge sono formate da sabbie fini,bianche o rosa.

La vegetazione,tipica delle zone subtropicali,arriva sino al mare,con cespugli di mongrovie.

Gli abitanti sono circa 350.000,amichevoli e ospitali.

Insomma è un paradiso in terra.

La fauna locale può contare anche sui fenicotteri rosa.

E inoltre è ad appena una ottantina di chilometri dalla Florida.".

Tra le tante isole dell'arcipelago-aggiunse Clara-ce n'è una piccola,deliziosa:San Salvador,proprio l'isola dove approdò Cristoforo Colombo quando cercava le Indie e trovò invece il Nuovo Mondo.

San Salvador sarà il nostro Nuovo Mondo."

Paolo:"

Ho già fatto più viaggi a Nassau.Ho avuto contatti con un proprietario terriero di San Salvador.

E'disposto a vendere le sue proprietà,ma vi sono difficoltà amministrative.

Anche là,come in Italia,gli ingranaggi vanno oliati.

Anzi sto cercando di ottenere un terreno in concessione in cambio di alcuni vantaggi che gli abitanti del posto potranno ottenere dal nostro insediamento;sono poco più di un migliaio."

Se tutto andrà secondo le nostre previsioni-continuò Clara-potremo costruire un nuovo villaggio per noi,un villaggio verde:energia verde,agricoltura biologica,ritmi di vita più umani.

Potremo costruire una società ideale,basata non sulla concorrenza e sul profitto,ma sulla solidarietà e il rispetto reciproco,sul rispetto della natura con cui vivere in simbiosi,senza sporcarla e deturparla avidamente.

Studieremo insieme i particolari quando saremo sul posto.

Ho con me,comunque,un po' di pubblicazioni e fotografie che vi permetteranno di farvi un'idea dell'arcipelago e dell'isola.

Dimenticavo:la lingua è l'inglese.La forma di governo è la democrazia.

Prima dell'indipendenza era una colonia inglese":

Tutti furono soddisfatti delle spiegazioni ed entusiasti del posto.

Fecero naturalmente molte domande e le risposte furono esaurienti.

S'era creata molta impazienza di essere sull'isola e di poterla vedere con i propri occhi e toccarla con le proprie mani.

Il colpo di stato,nel frattempo era pronto.

Ci fu una riunione plenaria nella tenuta "Al Paradiso",a cui parteciparono tutti i vertici dei militari implicati e i vertici dei servizi segreti.

La seduta era presieduta dal contrammiraglio Stefano De Falco,capo delle forze armate.

Il Santapaola si sarebbe servito di lui dopo il colpo di stato,per dare autorevolezza e legittimazione allo stesso.

Il De Falco concluse l'assemblea riassumendo:"

A norma della Costituzione,la prossima settimana,venerdì alle ore 19,si riunirà in seduta comune segreta il Parlamento per esaminare la situazione politica e sociale del paese e quali interventi prendere per stabilizzare il paese ,che sta correndo verso una deriva golpista.

E' quella l'occasione che aspettavamo per procedere al colpo di stato,non ve ne può essere uno migliore".

Espose di nuovo il piano in dettaglio che fu approvato,con qualche affinamento,all'unanimità.

"Allora adesso non resta che applicarlo.

Resta poco tempo,ma tutto si farà se ognuno farà la sua parte con onore e dignità.

Questa è l'ora dei forti,dei veri patrioti,è l'ora in cui siamo chiamati a salvare il nostro paese.

Siate uomini!"-concluse il De Falco,tra gli applausi dei presenti,grida di Viva l'Italia e l'inno di Mameli.

Erano state prese decisioni particolareggiate,ognuno sapeva esattamente cosa doveva fare.

Era l'ora di agire senza tentennamenti e perplessità.

Cap. 16

Finalmente giovedì:il grande giorno dell'attacco alla banca e della loro partenza per San Salvador.

Tutto era pronto:i biglietti aerei,i nuovi documenti,i bagagli strettamente necessari.

Due gruppi partirono la mattina.Il terzo,quello di Marco,Clara,Pino,Susanna,Eugenio e Paolo sarebbe partito la sera.Dopo il colpo.

Erano pronti a entrare nel sistema elettronico della banca alle 21.

Con loro c'erano due rappresentanti dei militari per accertarsi che il denaro venisse ripartito e gestito secondo gli accordi.

Pino e Eugenio con i due militari alle 21 esatte si misero all'opera.

Bucarono subito le difese elettroniche della banca:milioni di Euro passarono dalla banca ai conti correnti alle Bahamas;i conti correnti più ricchi furono prosciugati e le attività furono accreditate su conti correnti di artigiani in sofferenza,su quelli di piccole imprese che stavano chiudendo e a favore di singoli individui.

Tutto era stato preordinato in anticipo.

Insomma Robin Hood fece un altro dei suoi colpi:l'ultimo,ma anche il più importante.

Marco in quel momento provò una soddisfazione profonda ,intima che gli arrivò alle viscere.

"Giustizia è fatta!Mio padre e mia madre sono stati vendicati.

Questa banca non spingerà più nessuno al suicidio"-quasi urlò di soddisfazione-

Appena terminata l'operazione il gruppetto di amici partì per Parigi sotto gli occhi dei militari.

Tutto avvenne con perfetto sincronismo.

Non vi furono manifestazioni esteriori di allegria o di gioia.

I civili avevano completato la loro missione in Italia.

Addio Italia! Per sempre!Senza rimpianti.Alle due di notte di Venerdì a Roma due grandi esplosioni devastarono il portonre della Banca d'Italia.

I danni furono enormi,anche all'interno,nei locali più vicini al portone.Vi furono delle vittime.

Mentre la Polizia e i Carabinieri accorrevano a sirene spiegate insieme alle autoambulanze,altre due esplosioni fecero saltare i portoni di due importanti banche nazionali a Roma.

Anche qui devastazione e vittime.

Naturalmente i servizi segreti deviati avevano informato i mass media,affinchè i fatti avessero la più grande diffusione possibile.

Naturalmente tutti i mass-media uscirono con degli speciali.

Tutte le forze armate furono mobilitate.

Contemporaneamente in molte città d'Italia ,vi furono altre esplosioni in banche di importanza nazionale;molti bankomat furono assaltati e svuotati.

Cosa stava succedendo?

Chiaramente era in atto un tentativo eversivo.Manovrato da chi?A cosa mirava?

Le notizie correvano per l'Italia e anche all'estero.

Le persone telefonavano a parenti e amici,allarmate,angosciate..

Il Ministero degli Interni e i capi militari cercarono apparentemente di rassicurare:"

E' tutto sotto controllo.Le Forze Armate sono pronte ad affrontare qualsiasi emegenza.

E' meglio che i civili stiano in casa fino a nuovo ordine.

Nel frattempo gli attacchi ai bankomat continuarono in tutta Italia tutta la notte.

Molti approfittarono della situazione,anche senza partecipare al complotto eversivo.

La mattina dopo i media avevano notizie più aggiornate:"Strategia della tensione?Colpo di Stato ?.

Intanto la banca rapinata,scoperto quanto accaduto informarono le Forze dell'Ordine.

La notizia,fatta filtrare dai servizi segreti,giunse ai mass-media.

Il clamore fu più grande,se possibile,delle bombe.

Le persone corsero alle loro banche per ricuperare quanto possibile.

Trovarono i portoni chiusi per motivi di sicurezza.I cartelli informavano i clienti che tutto era sotto controllo e si sarebbe normalizzato quanto prima.I clienti non potevano accedere al proprio conto neppure via internet.

Si formarono file di clienti arrabbiati e urlanti:volevano indietro i loro soldi.

Alcuni sfogarono la loro ira non solo a parole:buttarono pietre contro i portoni delle banche e, di notte,persino bombe incendiarie.

La polizia non riusciva a tenere sotto controllo la situazione:non sapevano cosa fare e come agire vista l'estensione del fenomeno e i pochi uomini e mezzi a loro disposizione.

Il governo finalmente si svegliò e dichiarò lo stato d'emergenza e il coprifuoco.

Nessuno poteva circolare senza l'autorizzazione delle autorità,in particolare dei prefetti.

Tutti si attaccarono letteralmente alle tv e ai computer.

Le Forze Armate erano rassicuranti.

Tutte le istituzioni erano sotto protezione,nessun colpo di stato era in atto.

Si trattava solo di una strategia della tensione e i colpevoli sarebbero stati presto arrestati.

La tensione aumentava:molte persone,attaccate ai televisori,cercavano di capire,tranquillizzare la loro ansia:"I nostri soldi,il nostro lavoro,il nostro futuro?"-si chiedevano angosciati-

Altri invece speravano che finalmente venisse un colpo di Stato per far finire tutta la corruzioe esistente e tutte le ingiustizie sopportate.

"Già,ma chi c'è dietro questo sconquasso?"-si chiedevano-

"Al momento giusto sarebbero intervenuti anche loro a dare una mano.Era ora che succedesse qualcosa.Già ma cosa e quando?"-

Non dovevano attendere molto:

Proprio quel giorno il Parlamento si riuniva in seduta plenaria alle 19 per un voto di fiducia al Governo:era una seduta segreta ,come previsto dalla Costituzioni per circostanze particolari.

E più particolare di quello che stava accadendo non poteva esserci!

Alle 19 di quel giorno tutto il Parlamento,tutto il Governo sarebbero stati riuniti a Montecitorio, sede della Camera dei Deputati.

Quella era l'ora e quello era il posto per iniziare il colpo di stato.

Alle 19 esatte ebbe inizio il colpo di stato.

Entrarono in azione tre squadroni di uomini con passamontagna che li rendevano irriconoscibili,armati sino ai denti trasportati da camion militari e autoblindo..

Gli uomini posti a guardia delle istituzioni che non aderivano al progetto furono immediatamente resi inoffensivi .

Uno squadrone entrò nella Sala di Montecitorio,fra lo sbigottimento e le urla generali.

Freddi,determinati ,insensibili,forse anche sotto l'azione di allucinogeni iniziarono a sparare all'impazzata sui presenti.Il capo che li guidava ci pensò a dare il colpo finale a chi ancora si muoveva.

Fu una carneficina.Tutti i presenti furono trucidati,non ne restò vivo nessuno.

Del Governo restarono in vita il Santapaola e il Vitale assenti per motivi di servizio.

Al Viminale accadde lo stesso:il Presidente della Repubblica venne ucciso e con lui tutti i presenti nel palazzo,compresi i corazzieri.

Contemporaneamente il terzo gruppo assaltò la sede radiotelevisiva.Facevano parte del gruppo anche esperti di tecnologia specializzata.

Non fu difficile per loro giungere agli studi e immobilizzare il personale presente.

Tutti i programmi furono interrotti e uno di loro,a volto coperto,apparve sugli schermi e lesse il seguente comuicato:"

Italiani!

L'ora che il nostro paese sta vivendo è drammatica.

La nostra stessa sussistenza come nazione è messa in pericolo.

Tutti voi conoscete le drammatiche condizioni economiche,sociali e politiche in cui è precipitata l'Italia,la nostra povera patria,a causa di una classe di politici incapaci e corrotti.

La nostra stessa sicurezza è stata messa in pericolo:

in Italia sta governando l'anarchia,non solo per colpa di gruppi malavitosi,ma anche a causa di molti,troppi cittadini esasperati per il disastro in cui sono caduti e per il furto del futuro loro e dei loro figli.

Noi,Forze Armate per la Libertà e Sicurezza,abbiamo sentito la responsabilità di intervenire

Vi comunichiamo ufficialmente che tutto il Parlamento,Il Presidente della Repubblica e il Governo sono stati soppressi.

Da questo momento il potere verrà gestito dalle Forze Armate per la libertà attraverso uomini in grado di guidare la nazione,finchè il pericolo per l'Italia non sarà scongiurato.

A breve compariranno in televisione e li conoscerete.

Siete invitati a collaborare.

Continuate la vostra vita pacificamente,andate a lavorare,a scuola ,continuate pacificamente le vostre abitudini quotidiane.

Altre notizie vi verranno fornite in seguito.

Viva l'Italia".

Al comunicato fecero seguito canti e musica patriottica.

Il colpo di stato era andato in porto?

Ma non era questo il colpo di stato,era l'azione di pochi scalmanati ,esaltati utilizzati dai servizi di sicurezza deviati.Erano stati illusi che il vertice delle Forze armate sarebbe intervenuto.A loro toccava fare il lavoro sporco.Ma a suo tempo il loro coraggio sarebbe stato riconosciuto e adeguatamente premiato.

Il Santapaola,come da programma,immediatamente diede ordine ai generali e ai vertici che facecano parte dell'organizzazione di intervenire con le Forze Armate regolari,del tutto inconsapevoli di essere strumento di un vero e studiato nei minimi particolari colpo di stato.

Immediatamente aerei ed elicotteri solcarono i cieli d'Italia.

Camion e cingolati carichi di soldati furono condotti al Quirinale,a Montecitorio e alle sedi Rai di tutta Italia.

L'ordine era:"

Annientare senza pietà tutti coloro che hanno tradito l'Italia e il loro giuramento,per amore del potere.Con quel gesto avevano recato infamia sull'Italia e le Forze Armate a difesa delle istituzioni costituzionali e della democrazia.

Devono essere annientati per estirpare un'erba velenosa che potrebbe portare alla dittatura"

Quale fu la sorpresa degli aggressori quando videro comparire le Forze Armate che ,invece di inneggiare all'Italia e alla riuscita del colpo di stato si trovarono oggetto di un attacco armato!

Pallottole fischiarono da ogni parte e in pochi minuti fu tutto finito:tutti gli aggressori furono annientati,gridando :tradimento!.

Questo era il vero colpo di stato!

Ma nessuno,tranne i diretti interessati,lo sapeva,neppure le forze armate utilizzate nell'operazione.

Il Capo di Stato Maggiore della Difesa De Falco,affiancato dai vertici delle varie forze armate ,dal Comandante Generale dell'Arma dei Carabinieri e dal Santapaola, in nome delle Forze armate lesse un comunicato a tutte le radio,le televisioni a tutti i giornali e mezzi di comunicazione nazionali e internazionali.

Espresse la sua profonda amarezza per l'ignobile comportamento di alcune parti deviate delle Forze Armate e dei servizi segreti deviati che avevano infamato l'Italia.

I rivoltosi erano stati immediatamente annientati,completamente.

Purtroppo però il Presidente della Repubblica,tutto il Parlamento e il Governo,tranne il Santapaola e il Valente,erano stati vilmente trucidati.

Visto che gli organi costituzionali erano stati soppressi,

i capi di stato maggiore delle varie armi,

nell'interesse supremo della nazione avevano stabilito:"

1)Essi stessi avrebbero temporaneamente assolti i poteri assegnati al Presidente della Repubblica

2)Il Santapaola avrebbe assunto i poteri del capo del governo,provvedendo a nominare un governo provvisorio.

3)Il potere legislativo mediante decretazione sarebbe stato esercitato sempre dal Santapaola e da un consigllio da lui nominato e che a lui avrebbe risposto.

4)Appena le circostanze lo avrebbero consentito sarebbero state indette le elezioni democratiche
Era dichiarata una settimana di lutto nazionale:a tutte le autorità trucidate sarebbero state
tributate onoranze funebri di Stato
Da ultimo fece un appello:"
In questo triste momento per la storia dell'Italia,così gravido di pericoli,
sollecitiamo tutti gli italiani affinchè,per amore del loro paese,per assicurare pace e sicurezza,per
aiutare la ripresa economica, si uniscano agli sforzi che verranno profusi dagli organi
costituiti,rispettandone le funzioni e l'autorità.
Viva l'Italia!"

Tutte le città più importanti d'Italia furono presidiate dalle Forze Armate.

Nei punti strategici furono posizionati anche carri armati.

Tutti i mezzi di informazione furono sottoposto al controllo del governo costituito e fu imposto il coprifuoco.

Per giorni interi il governo provvisorio diede la sua versione dei fatti,invitò la popolazione alla collaborazione e promise elezioni politiche quanto prima.

Furono trasmessi molti programmi educativi:

Il Santapaola sottolineò con enfasi l'importanza della green economy e fece trasmettere programmi elogiativi che esaltavano le aziende verdi di Toiano e La Fratellanza.

Naturalmente la pubblicità e le trasmissioni furono orchestrate da Mario,di cui il Santapaola non aveva dimenticato le capacità e che ora voleva sfruttare.Era stato Mario a organizzare la cena celebrativa di Toiano che culminò col programma di luci e suoni così apprezzato anche a livello internazionale.

Mario divenne il megafono di Santapaola e partecipò a talk show e interviste dove sostenne con capacità ed abilità il punto di vista dei golpisti.

Intanto,nel resto del mondo,quanto avvenuto in Italia,veniva identificato per quello che era:un colpo di stato.

Le istituzioni erano state eliminate o stravolte.E la responsabilità era stata di quei pochi militari inesperti ed esaltati che avevano materialmente proceduto al massacro?

E perchè nessuno di loro era restato vivo per raccontare i retroscena?

Cosa si nascondeva dietro la strage?

Il governo provvisorio sarebbe davvero stato provvisorio?

L'Italia faceva ancora parte della CEE?

Che ne sarebbe stato del debito pubblico italiano?

L'Italia avrebbe onorato i suoi impegni intenazionali?

Tante erano le domande e tanti i dubbi.

La popolazione era spaventata, allibita:

Che ne sarebbe stato di loro?Quale il loro futuro?

Cosa volevano fare le Forze Armate?Era un golpe camuffato?

Nelle case,nei bar,sul lavoro non si faceva altro che parlare di questo

I Partiti e i sindacati volevano incontrare il governo provvisorio,trattare.

Per il momento ogni contatto venne rifiutato.

Per calmare le acque e rispondere a molte delle domande poste il Santapaola quale capo del governo provvisorio,tenne una conferenza a reti unificate:"

Viviamo in un'epoca molto triste della storia umana.

In Italia,come nel resto del mondo,tutti i veri valori della vita sono stati stravolti:onore,patria,solidarietà sono stati sostituiti da interesse personale,profitto sfrenato.corruzione,sopraffazione dei più deboli.

Noi,Governo Provvisorio militare d'Italia diciamo:"

BASTA A TUTTO QUESTO!

L'ITALIA DEVE TORNARE AI SUO ANTICHI SPLENDORI,FARO DI CIVILTA',DI INVENTIVA,DI CREATIVITA' ANCHE IN CAMPO ECONOMICO.

**QUANTO PRIMA CI SARANNO ELEZIONI POLITICHE.IL POTERE SARA'
RESTITUITO AL POPOLO.
PRIMA ,PERO',VOGLIAMO COSTRUIRE LE BASI DI UNA VERA DEMOCRAZIA CHE
SIA IN GRADO DI RESTITUIRE ALL'ITALIA LA GRANDEZZA CHE LA STORIA LE HA
ASSEGNATO.
A TAL FINE SEGUIREMO LE DIRETTIVE CHE TRACCIAMO ORA A GRANDI LINEE:**

1)L'Itaia sceglierà liberamente se restare nell'Euro o uscire come ha già fatto la Gran Bretagna;

2)Il Governo favorirà la costituzione di Banche etiche che sosterranno le iniziative private di persone capaci,che presentino progetti credibili .

3)Vi saranno controlli severi sulle banche finanziarie e sui soggetti a cui vengono prestati i soldi.
In ogni consiglio di amministrazione vi sarà un supervisore nominato dal governo

4)Il governo non salverà più banche che,per una gestione allegra e clientelare, stia per fallire.

5)Non sarà più possibile che si creino grandi fortune a favore di pochi e a danno di molti.
I grandi patrimoni verranno espropriati e sarà posto un limite ai guadagni personali,tranne che su quelli che vengono reinvestiti.

7)Tutte le attività produttive di una certa dimensione apparterranno non solo al proprietario,ma saranno associati anche i lavoratori,nei modi e nei tempi che saranno stabiliti.

8)Salvo casi espressamente previsti,di norma i rapporti di lavoro saranno stabilizzati.

9)Tutti i cittadini debbono avere un reddito minimo per condurre una vita dignitosa.
Tutti però debbono,secondo le proprie capacità e possibilità,partecipare allo sviluppo socio economico dello stato.

10)Anche i carcerati dovranno concorrere al loro mantenimento col loro lavoro a favore della collettività.

11)La presunzione di innocenza decade dopo la sentenza di condanna in qualunque grado.
Da quel momento sorgerà la presuzione di colpevolezza.

12)La prescrizione è sospesa dopo l'inizio del procedimento penale.

13)Le pene dovranno essere adeguatamente severe in relazione al reato e debbono essere eseguite il prima possibile.

14)Le intercettazioni verranno qualificate e saranno uno speciale strumento di indagine,nel rispetto della privacy,per i fatti che non hanno rilevanza penale.

15)E' istituita la leva obbligatoria.Saranno impartite pene severe ai renitenti.

16)Tutti gli accordi internazionali sul commercio verranno rivisitati.Le importazioni saranno soggette a limiti di qualità e opportunità nell'interesse delle imprese italiane.

17)Tutte le fonti energetiche saranno nazionalizzate.
Sarà dato grande impulso alle energie rinnovabil.L'Italia è ricca di sole,acqua e vento.
Potremo essere autosufficienti nella produzione e distribuzione dell'energia.

18)La nostra ricchezza più grande è la bellezza della nostra terra,la nostra storia,la nostra cultura,la nostra arte e la nostra archeologia.Questo è il nostro oro,i nostri giacimenti.
Il turismo farà aumentare l'occupazione.

19)La scuola pubblica e la ricerca saranno la base del nostro rilancio.
Ogni aiuto sarà tolto a scuole private e religiose.
I meritevoli avranno la certezza di progredire i loro studi sin dove le loro capacità e i loro meriti lo consentiranno.

20)Tutti i mass media perderanno ogni sovvenzione dallo stato.

I principi esposti saranno oggetto di decretazione immediatamente operativa.
Nell'interesse dell'Italia,della nostra dignità e del nostro benessere siete tutti ivitati a collaborare attivamente con il governo e le istituzioni.
I trasgressori saranno puniti da tribunali speciali.
Viva l'Italia!

Cap.17

Aveva raggiunto il potere.Il Santapaola era raggiante.

Il suo delirio di onnipotenza era stato soddisfatto.

Certo era costato molto sangue.Ma era necessario,non si poteva evitarlo.

"Tutti i grandi della storia ,si pensi a Napoleone,hanno dovuto pagare un prezzo salato per raggiungere il POTERE."-si giustificava-

Il fine giustifica i mezzi.

E il fine è il bene dell'Italia!

Io sono l'uomo della provvidenza ,tanto desiderato dal popolo,quasi invocato.

Questo colpo di stato riuscito magistralmente,lo dimostra.

Solo io ho la capacità di risollevare le sorti dell'Italia al rango che le spetta.

Potrò ora attuare le grandi idee che ho escogitato,le uniche che potranno veramente cambiare e salvare il nostro paese.

Niente e nessuno mi potrà fermare.

Il popolo mi seguirà,sarà abbagliato dalla mia luce e sarà disposto ad assecondare i miei programmi.

Naturalmente vi saranno i vili,gli inetti,i deboli che cercheranno di ostacolarmi,incapaci di salire alle mie altezze.

Questi debbono essere eliminati senza pietà:sono zavorra inutile e pericolosa.

I capaci debbono essere incoraggiati e utilizzati,anche se a volte non si rendono conto di essere manovrati da me,come i giovani ingenui che mi hanno aiutato a raggiungere il potere,senza rendersi pienamente conto di quello che facevano.

Io sono il grande manovratore .Il paese mi seguirà-

Ora però-finalmente l'assaliva qualche dubbio-il mio potere è ancora fragile,debbo consolidarlo.

Il popolo vuole la democrazia e l'uomo della provvidenza.E io glieli darò entrambi.

Così hanno fatto uomini grandi quasi quanto me:

Che grandi uomini anche ai nostri giorni!

Hanno salvato i loro popoli dall'anonimato e dall'anarchia.

Anche loro hanno dovuto versare molto sangue e restringere le libertà del popolo;ma lo hanno fatto nell'interesse del popolo e col consenso del popolo.

Io farò lo stesso.

Sarà il popolo a consegnarmi il potere.

Quanto prima debbono tenersi le elezioni politiche:

io le addomesticherò a mio favore e quando il popolo mi consegnerà il potere ,so bene come fare per trasformarlo in un potere assoluto,facendo votare una nuova costituzione a mia immagine e somiglianza.

Io farò risorgere l'Italia ai vecchi splendori.

Io,solo Io posso compiere questo miracolo ed evitare il disastro.

Io sarò amato,adorato come il salvatore:il conduttore,il duce:l'UNICO.

Sarò il FARO del popolo italiano e non solo.

Porremo il modello per molti altri stati che seguiranno il mio esempio.

Viva il DUCE!"

Il suo delirio di onnipotenza era esploso incontenibile.

Anche il suo modo di camminare,di parlare,di atteggiarsi era cambiato:assomigliava molto a quello di Mussolini.

Petto in fuori,muscoloso,quasi gonfiato;testa in alto,quasi ad ergersi sui presenti,passi decisi e misurati,incedere da dominatore che tutto calpesta sotto i suoi piedi:tutto indicava superiorità,consapevolezza della propria "grandezza"..

"Ora,però,il potere non è ancora mio del tutto.

Vogliono le elezioni-

E elezioni siano:sarà il popolo a consegnarmi il potere.

I punti programmatici del Consiglio delle forze armate sono ottimi.perchè vanno incontro a ciò che desidera il popolo.

Io,nel mio programma elettorale, ne aggiungerò qualcun altro.

Napoleone disse:"

Fate molte promesse,ma guardatevi dal mantenerle".

Io seguirò il suo consiglio.

Il popolo crede in me ,pensa che io sia l'uomo della provvidenza e lo sarò davvero.

Ma farò quello che io reputerò giusto,non quello che prometterò nella campagna elettorale.

Io conosco ciò che effettivamente farà la felicità del popolo e la gloria dell'Italia.

Il popolo non ha seguito Napoleone anche nelle sue follie,non era felice di morire per lui e per la patria?

Ebbene sarà felice anche di seguire me.

Ma Io,Io non farò gli errori di Napoleone.

La mia esperienza,le mie conoscenze dell'animo umano sono superiori.

Solo Io posso guidare il popolo alla gloria e alla felicità-

Il mio Nome sarà conosciuto tra le nazioni.Sarà pronunciato con rispetto .

Non sarà cancellato neppure dalla morte.

Sarà ricordato e onorato per sempre.

Io sono Santapaola!

Nel mio programma elettorale aggiungerò questi punti:"

1)Ogni cittadino potrà e dovrà denunciare in modo anonimo qualsiasi comportamento illegale commesso da altri,anche dai parenti.

In tal modo ,i cittadini senza correre alcun pericolo,saranno i miei collaboratori nel risanare il paese.

Io creerò una squadra speciale che controllerà le denunce ricevute e le riscontrerà con i fatti.

2)Vi saranno tempi certi per le pratiche amministrative:per ciascuna sarà indicato il tempo ragionevole in cui dovrà essere evasa.

Nel caso non vi sia risposta la pratica si riterrà approvata;l'impiegato addetto alla pratica ne risponderà personalmente ad una commissione ad hoc costituita a cui saranno sottoposte tali pratiche;

3)Leva obbligatoria per tre anni.La renitenza sarà un reato punito con i lavori forzati alle opere di pubblica utilità.

I militari di leva saranno addestrati a lavori socialmente utili,come ad esempio la salvaguardia del territorio nazionale,dei beni artistici e così via.Sarà data loro una remunerazione commisurata alla qualità e quantità del lavoro prestato al netto delle spese di mantenimento.

4)Non vi saranno più appalti bloccati da cause infinite.

L'interesse pubblico deve prevalere su quello locale e privato.

In caso di contrasto sarà una commissione speciale a decidere cosa fare nel caso specifico,tenendo conto sempre della prevalenza dell'interesse generale sul particolare.

I contrasti saranno sanati presso i tribunali normali,ma le opere pubbliche non possono fermarsi: si appalteranno ad altro soggetto idoneo.

5)Il potere esecutivo avrà il controllo sulla magistratura onde evitare che essa possa servirsi del potere giudiziario per scopi politici.I magistrati inoltre risponderanno civilmente e penalmente,se è il caso,dei loro errori.

6)In tutti gli edifici statali,ogniqualvolta sia possibile,si adopererà l'energia verde,sia nella costruzione che nella manutenzione.

La Costituzione sarà cambiata:l'Italia non sarà più una Repubblica parlamentare,ma Presidenziale.

Al Presidente si assegneranno tutti i poteri necessari per raggiugere in tempi brevi gli obiettivi necessari ad assicurare ai cittadini sicurezza,legalità e progresso economico-

Alcuni di questi provvedimenti,in via sperimentale sarebbero immediatamente,con decretazione urgente diventati operativi:

la leva obbligatoria e le denunce anonime.

Il Santapaola annunciò il giorno delle elezioni politiche .

Fondò il suo partito:"Legalità e progresso" e immediatamente incaricò Mario di preparargli la campagna elettorale.

Lui intanto aveva già formato il suo governo.

Lui sarebbe naturalmente stato il Presidente,Vitale il capo del governo.

Le altre cariche sarebbero state affidate a militari di alto rango e uomini esperti e conosciuti per la loro onestà e capacità a livello anche internazionale.

E l'Europa?

L'Europa avrebbe aspettato che la situazione in Italia si stabilizzasse,anche se cercò di condizionare le scelte del governo provvisorio,senza per altro riuscirvi.

Il Santapaola fece intendere che dei rapporti internazionali si sarebbe parlato con il governo risultante dalle elezioni.

Così,intanto prendeva tempo,pronto già a seguire l'esempio della Gran Bretagna.

I confini nazionali furono temporaneamente chiusi.

Naturalmente le reazioni furono enormi.

Molti criticavano i provvedimenti adottati o che sarebbero stati adottati in seguito.

Soprattutto i mas- media furono feroci:"

Qui si prepara una dittatura-sottolineavano-

Si cerca di imbavagliare la stampa".

Però molti non furono contrari,tutt'altro.

Soprattutto i giovani e i lavoratori videro in quei provvedimenti una porta che si apriva verso la luce,dinanzi all'oscurità,alle angosce del presente.

Le manifestazioni violente,i tumulti furono soffocati con estremo rigore.

Gli arrestati furono ammassati nei campi sportivi ed in altri locali attrezzati.

Vi furono anche morti e feriti.

Tutti i media che accennavano semplicemente all'ipotesi di un colpo di stato mascherato,furono chiusi e i giornalisti arrestati.

Il Santapaola aveva il monopolio dell'informazione con cui condizionò i cittadini a suo piacimento,senza contradditorio.

L'Europa offerse di mandare dei commissari per controllare la regolarità del voto.

L'Italia rifiutò fermamente.

Non aveva bisogno di nessun controllo;tutto si sarebbe svolto regolarmente.

Cap.18

Mario propose al Santapaola di servirsi nella campagna elettorale di quanto di buono aveva fatto per la comunità "La Fratellanza" e "Al Paradiso" e per favorire lo sviluppo della" Green Energy "

Si fecero interviste,programmi incentrati sull'importanza che il Santapaola dava nel suo progetto per l'Italia,all'energia verde.

Era un argomento molto sentito visto il problema gravissimo del clima e dei disastri causati dal consumismo e dai rifiuti dell'industrializzazione incontrollata.

Decisero che si sarebbe fatto una trasmissione in loco alla "La Fratellanza".

Avrebbe avuto un forte impatto sul pubblico a causa del problema mafioso collegato a quel progetto.

E' importante per la nostra storia che si conosca più a fondo la comunità.

Come già accennato,"La Fratellanza" era sorta per aiutare giovani traviati e problematici:drogati, spacciatori,abusati e così via.

Era stato il Santapaola a prendere l'iniziativa.

Alla mafia ,dopo l'arresto di un capo mafioso locale, erano stati sottratti i suoi beni immobili nella zona meravigliosamente bella della Valle dei Templi.

Il Santapaola si era adoperato perchè venisse assegnata alla comunità "La Fratellanza".

A dirigere la comunità furono incaricati uno psicoterapeuta Francesco La Torre e Clemente Fattori.

Con loro collaboravano vari esperti in campi diversi :dalla medicina alla agronomia.

Tutto doveva essere coltivato con l'energia verde e doveva essere ecologico.

A questo punto sarà opportuno che ci interessiamo un po' più a fondo del Fattori,per la sua rilevanza nella storia che racconteremo.

Il Fattori era un giovane prete cattolico che prestava la sua attività in un centro caritatevole che assisteva malati,poveri,extracomunitari ,insomma quelli che avevano difficoltà sociali,anche mentali.

Era un uomo altruista,sensibile,pronto a sacrificare tutte le sue energie e risorse a favore dei poveri e diseredati.Era anche un bell'uomo,energico,atletico,dai tratti forti.

Era sportivo,positivo,sempre allegro,con la battuta pronta.

Era un vero organizzatore:nelle sue mani i problemi si risolvevano:ciò che prima sembrava difficile,lui lo rendeva semplice.

Chi gli stava vicino avvertiva un senso di sicurezza,di protezione,di forza,di vita prorompente.

Una ragazza in particolare avvertiva e apprezzava queste qualità:Aurora.

Aurora aveva genitori ricchi imprenditori.

Ma per lei i soldi,i vestiti,le feste mondane non significavano nulla.

Era bella ed elegante,ma in modo sobrio.Non voleva attirare l'attenzione su di sè.

Le dava gioia aiutare i più sfortunati,come lei li chiamava.

Soddisfaceva queste sue qualità nel centro dove lavorava il Fattori.

E così erano molto spesso a contatto.

E il Fattori era diventato la sua gioia e la sua pena :non avrebbe mai potuta sposarla in quanto era un prete cattolico.

Eppure le sembrava che anche Clemente,questo era il suo nome proprio,avesse della simpatia per lei:non l'aveva a volte sorpreso,cercando di non farsene accorgere,mentre la guardava con occhi sognanti,caldi proprio dell'amore che lei sentiva per lui?

E non arrossiva Clemente ,quando lei ,sentendosi osservata, alzava gli occhi su di lui?

Non distoglieva subito lo sguardo e,imbarazzato,usciva,facendo finta di avere qualcosa da fare?

L'amava Clemente,dunque?

Ma era un prete che amava la sua missione.

Ma non potevano svolgere quella missione e amarsi?

Perchè gli altri sacerdoti protestanti potevano sposarsi?

Lei aveva studiato la Bibbia che indicava che i vescovi nel 1° secolo si potevano sposare.

Perchè dunque non Clemente?

Un giorno finalmente Clemente l'invitò a seguirlo in un giardino vicino.E qui le aprì il suo cuore.

"Senti Aurora.Non può andare avanti così.

Io so che tu mi ami .Anch'io ti amo.Entrambi lo sappiamo.

Io sono un prete cattolico e ho fatto voto di celibato-mentre parlava il cuore di Aurora saltava nel petto-ed era tutta rossa contenta e spaventata nello stesso tempo:"Mi dirà che dobbiamo separarci,non vederci mai più ,o ..?"

E fu proprio quello che disse Clemente:"Dopo aver meditato a lungo,pregato e studiato la Bibbia sono certo che Dio non impedisce il matrimonio.Il divieto di sposarsi per un prete non è scritturale. Per cui ho deciso di abbandonare la chiesa cattolica.

Vuoi sposarmi Aurora?"

La richiesta fu così improvvisa e inaspettata che a Aurora mancò il fiato.

Dovette farsi forza per rispondere tutta rossa e felice:"

Oh,sì,sì voglio sposarti,non puoi immaginare quanto ho sognato questo momento.

Ti amo Clemente,ti amo con tutto il cuore.

E così Clemente lasciò la chiesa e sposò la sua Aurora.

Ma non abbandonarono la loro missione.

Il Santapaola,che era venuto a conoscere la loro storia chiese loro di dirigere il centro "La Fratellanza".Chi meglio di loro...?

E sotto la loro direzione con la collaborazione di Francesco La Torre l'azienda "La Fratellanza fiorì,come abbiamo visto in precedenza.

"Ebbene ,ora era il momento giusto per trarre la massima pubblicità possibile a favore del Santapaola"-pensò Mario-.

Ma c'era un problema grave da risolvere prima:la mafia.

La mafia aveva percepito il sequestro dei beni dati alla comunità "La Fratellanza" come una sfida dello stato nei suoi confronti.E loro,la Mafia avevano accettato la sfida .

All'inizio arrivarono a Fattori e La Torre solo avvertimenti intimidatori:"

"Restituite quanto sottratto ai legittimi proprietari con le buone,cessate qualsiasi attività,se no lo restituirete con le cattive."

Fattori e La Torre erano allarmati.Sapevano che con la mafia non si poteva scherzare.

Ma non volevano farsi intimidire.

L'azienda stava avendo successo.Ospitava molti giovani,la grande maggioranza di loro si stava liberando dai problemi per cui era venuta nella comunità.

I giovani erano felici di lavorare per e con la comunità.Stavano anche imparando un mestiere che dava loro un futuro e permetteva loro di contribuire al successo dell'iniziativa.

Dava loro un senso di dignità che avevano perso,e la voglia di lottare per il loro futuro.

Oltre al lavoro c'erano attività formative e culturali:spettacoli,alcuni organizzati da loro,altre da parte di compagnie teatrali o musicali,che mettevano le loro prestazioni a disposizione gratuitamente o quasi.

Certo,dovevano lavorare sodo,ma questo era fonte di soddisfazione e costituiva una fase essenziale del loro ricupero.

E poi la bellezza della zona,il mare limpido e cristallino,attiravano molti turisti,incantati dalle bellezze naturali e dai ritrovamenti archeologici.

Non ultimo,erano attratti proprio dalla loro comunità "La Fratellanza" che donava speranza a tanti giovani e alle loro famiglie prima disperate.

Grazie a quello che accadeva in quella comunità,a quel "miracolo",molti ritornavano a credere nell'uomo.,che ci fosse ancora del buono,che non tutto fosse sporco e marcio.

Quella comunità dimostrava che ci poteva ancora essere del buono per il futuro dell'umanità.

Però,come del resto è ragionevole,non tutto era idilliaco in quella comunità.

Vivevano insieme persone imperfette,con difficoltà psicologiche e personali complesse.

A volte c'erano scontri anche violenti,qualcuno abbandonava.

C'era molto lavoro da fare per psicologi,psichiatri,sociologi,medici ed altro personale altamente specializzato che mettevano,gratuitamente ,o quasi,le lorto esperienze professionali o,semplicemente la loro buona volontà a servizio della comunità.

Ma essenziale erano le persone come il Fattori,che oltre alla professionalità e la buona volontà univano la capacità di entrare in sintonia con i ragazzi,di scendere al loro livello,di diventare il loro compagno pronto ad ascoltare,a tendere la mano senza giudicare,al solo scopo di aiutare,sostenere chi in quel momento era nel bisogno di affetto,di una parola,di una mano amica che voleva trattenerti dall'affogare.

In compenso c'erano tante soddisfazioni nel vedere i giovani rifiorire,tornare a sorridere e sperare, tornare a parlare di un futuro,del loro futuro,tornare alla vita,dopo essere stati quasi ingoiati dal buio della morte fisica,morale e spirituale.

Tanti partecipavano a questa gioia ,anche non lavorando in comunità,con le loro donazioni,passando le loro vacanze in comunità,nell'agriturismo,partecipando ai lavori nei campi o all'allevamento,o mettendo a disposizione la propria professionalità per periodi anche brevi,spesso lunghi.

Molti,sempre di più, compravano i prodotti dell'azienda:agrumi,ortaggi di ogni genere,carne,olio, uova tutto strettamente biologico,felici non solo di mangiare ottimi prodotti,ma di dare una mano alla collettività.

Forse costavano un po' di più,ma si pagava con gioia.

Anche la grande distribuzione si stava interessando al fenomeno:ma non solo per bontà;sapeva quanto ci avrebbe gudagnato in pubblicità gratuita scrivendo sulle vetrine o sui depliant pubblicitari che i suoi prodotti,almeno in parte,provenivano dalla comunità "La Fratellanza".

A volte nell'uomo si creano circuiti virtuosi,che lo spingono ad offrire il meglio di sé,come in questo caso o nel caso di grandi catastrofi;lo illudono che per l'umanità ci sia ancora un futuro che possa costruire con le sue mani,ci sia un futuro per la terra,nonostante questa,devastata,seviziata,sfruttata e sporcata urli continuamente in qualche parte del mondo la sua rabbia devastatrice e lo sta vomitando.

La realtà purtroppo è molto più dura.

Il Male che è nell'uomo,che travalica l'uomo e lo guida come una marionetta senza volontà,riesce a distruggere o corrompere tutto quello di buono che ha costruito.

L'uomo non può sperare con le sole sue forze di vincere il Male.

Anche Gesù Cristo il Bene in persona,in carne e ossa,è stato soppresso come un maledetto,un bestemmiatore.Ma in quel momento egli vinse il Male,restando leale a Dio.

Lui potè dire:" Fatevi coraggio,io ho vinto il mondo"!

E' vero qualche individuo può vincere il Male a livello personale.Anche il Bene è una realtà.

E il Male e il Bene sono in continuo conflitto

Dopo la morte di Cristo il Male ha continuato a trionfare come non mai e oggi sta continuando a trionfare.

Quando e come allora si metterà fine al Male?

Lasciamo per il momento la domanda in sospeso.Troverà risposta al momento appropriato,dopo aver conosciuto il Male fino in fondo.

La comunità "La Fratellanza " non era frutto del Bene?

Così sembrerebbe,ma già in lei,come vedremo, c'era la radice del Male,nascosta insidiosa ,che si vestiva di Bene.

Inoltre contro "La Fratellanza" c'era già all'opera il Male aperto,sfrontato,senza freni :la Mafia.

La perdita dei poderi e degli immobili andati alla "La Fratellanza" era stato uno scacco,un'offesa all'onorabilità della Mafia.Non poteva permetterlo.Era uno schiaffo pubblico che la disonorava,le faceva perdere prestigio e autorevolezza di fronte a tutti.Prima di tutto di fronte al suo popolo. Doveva fare qualcosa.

Era una guerra tra loro e gli altri:tutti quelli che intralciavano i suoi disegni e la disonoravano.

E la Mafia agì:mandò lettere minatorie alla comunità:sarebbe saltata in aria come le auto di Falcone e la sua scorta.Conveniva che abbandonassero il campo prima che la Mafia alzasse la voce.

La sua voce è potente e inarrestabile.Come anche il caso di Borsellino ha dimostrato.

"Andatevene! Quanto prima !Prima che sia troppo tardi!"

Il colonnello dei carabinieri La Pira e il comandante Terzulli raccolsero la denuncia.

La mafia non doveva trionfare!

La guerra tra "La Fratellanza " e la Mafia era diventato un simbolo dello scontro tra Mafia e Stato.

La vittoria della Mafia sarebbe stato un disastro per l'immagine delle forze armate a livello locale e nazionale.

Le Forze armate avrebbero in questa guerra schierato tutto il loro potenziale.

La comunità fu presieduta notte e giorno dalle forze di sicurezza .

Furono costruiti dei pali ,col sistema ad isola per assicurare,l'elettricità necessaria per illuminare giorno e notte la zona e per riprendere con telecamere quanto accadeva.

Furono organizzati dei sistemi elettronici che tenevano costantemente il presidio dei carabinieri e la comunità in immediato contatto.

Niente e nessuno sarebbe potuto passare attraverso le maglie di sbarramento così create,senza che le autorità lo sapessero.

Tutto pareva sotto controllo.

Che la guerra iniziasse pure.!

Per qualche tempo sembrò che i provvedimenti adottati avessero raggiunto lo scopo:la mafia non si fece più sentire e vedere.

Fu un'illusione.

Non per il colonnello La Pira-Lui conosceva bene la mafia e tanto silenzio lo spaventava.

Più tempo passava,più era probabile che stavano preparando qualcosa di grosso ed eclatante.

E puntualmente avvenne proprio quello che temeva.

La mafia non colpì direttamente la comunità.

Furono colpiti i mezzi che collegavano la comunità con l'esterno.

Furono fatti saltare in aria con morti e feriti i mezzi che trasportavano dalla comunità i loro prodotti e quelli che alla comunità portavano i rifornimenti

I carabinieri presidiavano le strade,qualche malavitoso fu arrestato,qualche altro ucciso,ma la linfa della comunità era stata praticamente stroncata.

La comunità languiva,come languiva il turismo.La gente aveva paura ed aveva ragione.

Una corriera di turisti era stata fatta saltare in aria con morti e feriti,come pure venivano colpiti le automobili delle persone che frequentavano la comunità.

Questa era la situazione quando Mario propose al Santapaola,in piena campagna elettorale di intevenire personalmente ,di gestire personalmente l'operazione.

"Si immagini che effetto avrebbe sugli elettori un suo intevento personale!.

Se riuscisse a scardinare i vertici della mafia,nessuno potrebbe più dubitare che lei è veramente l'uomo della provvidenza di cui l'Italia ha bisogno.

Si immagini la pubblicità,anche a livello internazionale.I giornali,le televisioni impazzirebbero.

Parlerebbero solo di lei e delle sue imprese.Vincerebbe le elezioni a mani basse".

"Se a ciò si unisse la notizia che ho sconfitto anche Robin Hood.pensava il Santapaola.,sarebbe il trionfo:so io come propinare al popolo questa notizia al momento giusto".

"Sì l'dea è buona ,ma tremendamente rischiosa.Potrei perdere tutto"-rispose il Santapaola che sempre più stimava le capacità di Mario-

-"Ma d'altro canto i grandi uomini si distinguono dagli altri perchè sanno intuire qual è la mossa giusta e il momento giusto e sanno osare.

Audere semper-pensava"-O tutto o niente!"

"Mi sembra buono il tuo consiglio -disse a Mario-mi stai diventando prezioso.

Io conosco perfettamente la situazione,mi hanno tenuto costantemente informato La Pira e Terzulli".

Era una guerra e andava conbattutta con gli strumenti e le strategie della guerra.

Avrebbe usato l'esercito,per presidiare il territorio.In questa guerra non avebbe dovuto osservare i limiti delle indagini contro la criminalità comune.

Fece un decreto con cui si attribuì pieni poteri per estirpare la mala pianta della Mafia.

Avrebbe usato anche la tortura,l'arresto a scopo precauzionale,anche senza prove sufficienti,tutti gli strumenti elettronici che potessero essere utili,anche se avessero violato la privacy dei cittadini.

Le sue azioni sfuggivano a qualsiasi controllo della magistratura.

Gli imputati sarebbero stati giudicati da tribunali speciali militari.

Neppure la pena di morte sarebbe stata esclusa:persone che giungevano al punto di sciogliere bambini nell'acido,non avevano diritto di vivere

E guerra vera fu ,spietata,senza controlli e limiti,senza prigionieri,o con pochi prigionieri, quelli che doveva far cantare.

Furono sollevati dai loro incarichi tutti i sindaci o autorità locali in odore di mafia;furono sottoposti a inchieste spietate e costretti a cantare.E incominciarono a venire fuori i nomi..

Si incoraggiò la denuncia anonima,soprattutto dagli imprenditori che dovevano pagare il pizzo o che non potevano partecipare agli appalti.

Furono confiscati beni di qualunque genere,appartenenti ai sospetti mafiosi.

Ogni legge a protezione del segreto bancario e della privacy fu abolita ,nel caso dei mafiosi.

I soldati presidiavano il territorio con potere anche di sparare e uccidere.

Fu stabilito, spesso e nei punti critici, il coprifuoco

Era una guerra vera e propria e furono usati tutti gli strumenti di una guerra senza controlli..

Fu vietato alla stampa il diritto di informazione.I servizi dovevano essere preventivamente visionati e autorizzati.

I catturati furono rinchiusi in carceri speciali,particolarmente duri e senza controlli esterni della magistratura..

Si arrivò ai capi delle cosche,a volte nascosti in camere blindate sotterranee,o a casa propria o nelle vicinanze in spazi ristretti nei camini o nelle intercapedii dei muri,

Non si badò a preservare la proprietà di luoghi ed edifici sospetti:furono abbattuti,a volte rasi al suolo senza pietà alcuna.

Molti mafiosi e soprattutto capi mafia furono uccisi insieme ai loro luogotenenti.

L'operazione richiese mesi,ma quando finì era finita anche la mafia organizzata.,si salvarono dall'eccidio solo pochi capimafiosi,la cui speranza massima era quella di sparire e nascondersi.

Era stata fatta tabula rasa.

Sul posto restarono presidi di soldati e poliziotti.

Il Santapaola per questa operazione,aveva di nuovo resa la leva obbligatoria,immediatamente,così che molti giovani trovarono subito un posto di lavoro e la disoccupazione giovanile incominciò drasticamente a decrescere.

Quando l'operazione finì.o meglio finì la fase acuta,i mass-media ,guidati da Mario,inneggiavano al Santapaola come all'eroe che aveva ripulito l'Italia dalla mafia.

Le televisioni furono invase dalle interviste,dalle documentazioni,dai programmi di ogni genere,trasmessi a tutte le ore,che esaltavano il Santapaola.

Il popolo incominciò letteralmente ad adorare il Santapaola:era un genio,un eroe,era veramente l'uomo della provvidenza venuto per salvare l'Italia dalla sua dissoluzione,a riportarla ai vecchi fasti,alla gloria che la sua storia ,la sua grandezza e bellezza le tributavano.

Solo Lui aveva vinto la Mafia,solo Lui avrebbe potuto fare un'operazione del genere.

Fu adorato,ammirato esaltato,da giovani e vecchi.

Dopo quello che aveva fatto,nessuno dubitava che avrebbe mantenuto tutte le sue promesse elettorali.

Anche all'estero fu inneggiato ed imitato.

Altri stati cercarono il proprio Santapaola che risolvesse i loro problemi miracolosamente,che li facesse sentire grandi,una razza superiore ,speciale.

Il Popolo partecipava alla gloria riflessa del suo capo.

Quei pochi che osarono uscire dal coro generale,mettendo dei dubbi sul modo in cui il Santapaola aveva raggiunto quei risultati,furono ridicolizzati,tacitati,esclusi ed a volte imprigionati.

Sì,il Santapaola avrebbe vinto la disoccupazione,le ingiustizie,la povertà,avrebbe impedito ai profittatori di angariare il popolo non vi sarebbe stata più lo sfruttamento di pochi su molti.

Insomma il Santapaola era davvero l'uomo della providenza.

Mario seppe montare una macchina pubblicitaria formidabile,travolgente.

Chi avrebbe potuto contrastare alle elezioni il Santapaola?

Mario vicino alle elezioni fece scoppiare un'altra bomba:il Santapaola aveva finalmente scoperto da chi era formata la cupola dei Robin Hood.

Fece nome e cognome dei giovani che avevano collaborato con lui a creare il mito dei Robin Hood.

Specificò comunque che i giovani erano riusciti a rifugiarsi all'estero.

Ogni sforzo sarebbe stato fatto per riportarli in Italia ad espiare le loro colpe.

Il popolo era stato plasmato per le elezioni:era ormai tutto pronto.

Cap. 19

Dopo gli eventi descritti la situazione a "La Fratellanza" era tornata sicura e le attività fervevano.

Anzi ,con la pubblicità ricevuta a livello internazionale il turismo aumentò in modo esponenziale.

Fu così che il Santapaola per affrontare le nuove emergenze lavorative fece arrivare dei giovani renitenti alla leva e condannati a un lavoro forzato per alcuni anni.

Il Fattori accolse con calore tutti questi giovani,li fece sentire a casa e non prigionieri,riservando loro un'accoglienza calorosa:in realtà li stimava per la loro coerenza e il coraggio di affrontare un regime così repressivo.

Fra loro c'era Francesco Todisco,che colpì il Fattori per la sua serietà:lavorava duramente senza lamentarsi,era cordiale,aveva sempre parole incoraggianti e rifuggiva qualsiasi contrasto .

In più leggeva ,nel tempo libero, sempre le Sacre Scritture.

Il suo spirito religioso si risvegliò:doveva parlare più a fondo con quel giovane.

In un pomeriggio in cui Francesco era libero dal lavoro lo invitò a casa sua a bere un tè.

C'era anche sua moglie Aurora.

Dopo i convenevoli Clemente entrò subito nel merito:"

Senti Francesco ti ho invitato perchè vorrei conoscerti meglio.

Apprezzo la tua serietà,disciplina e interesse per gli altri.Ma quello che più mi ha colpito è il fatto che ti vedo ogni giorno pregare prima dei pasti e studiare la Bibbia.

E' una cosa eccezionale per i giovani della tua età.

Sono interessati a ben altri passatempo.

Devi sapere che prima di venire in questa comunità io ero un prete cattolico;ho abbandonato l'abito perchè mi sono innamorato di Aurora e non condividevo molti insegnamenti e comportamenti della mia religione,tra cui quello che proibiva ai preti di sposarsi.

Ecco ora sono curioso di sapere pechè hai accettato il carcere piuttosto che fare il servizio militare".

Prima che rispondesse Aurora gli aveva messo davanti una tazza di caffè fumante e dei dolcetti fatti da lei.

Francesco,dopo aver ringraziato e incominciato a mangiare alcuni pasticcini, rispose alla domanda di Clemente.

"L'essenza di ciò in cui credo si può riassumere in pochi versetti biblici-prese la sua Bibbia e invitò Aurora e Clemente a seguire dalla loro Bibbia la sua lettura di Marco 12:29-32-"Ora uno degli scribi che si era accostato e li aveva uditi disputare ,sapendo che aveva risposto in modo eccellente,gli chiese:"Qual è il primo di tutti i comandamenti?"

Gesù rispose:"

Il primo è:"Ascolta Israele:Geova nostro Dio è un solo Geova,e tu devi amare Geova tuo Dio con tutto il tuo cuore e con tutta la tua anima,e con tutta la tua mente e con tutta la tua forza"

Il secondo è questo:"

Devi amare il tuo prossimo come te stesso"

Non c'è altro comandamento più grande di questi.

Lo scriba gli disse:"

Maestro hai detto bene secondo verità:" Egli è uno solo e non c'è altro che Lui..."

Allora Gesù discernendo che aveva risposto in modo intelligente gli disse"

Non sei lontano dal Regno di Dio.."-

Aurora e Clemente gli fecero notare che la loro Bibbia era un po' diversa-avevano la Bibbia cattolica di Monsignor Garofalo-

Gli lessero la loro Bibbia:"Ascolta Israele il Signore Dio nostro è l'unico Signore,ama dunque il Signore Dio tuo....."

La nostra Bibbia .sottolineò Clemente- non parla di Geova ma del Signoire"

Francesco:"Il discorso sarebbe lungo e potremo farlo con calma in seguito;ora,in sintesi vi farò solo alcune osservazioni che dovrebbero essere sufficienti.

Cristo sta parlando ad uno scriba israelita che conosceva le scritture ebraiche e queste cita Gesù.

La scrittura che cita è quella di Deuteronomio 6:4.Vuoi leggere per piacere Aurora come riporta questa scrittura la tua Bibbia(quella di Mons.Garofalo)?".

Aurora legge:"

"Ascolta o Israele:Jahvè è il nostro Dio,Jahvè è uno solo.Ama Jahvè tuo Dio..."

Francesco:" Non ti sembra logico che citando questo versetto delle scritture ebraiche Gesù lo citasse in modo in cui poteva essere compreso dallo scriba e nel modo in cui in originale era stato scritto?"

Aurora:" Sì ,è vero.Anche se non capisco perchè allora invece che Jahvè o Geova la nostra Bibbia usa il termine generico Signore"

Francesco:"

Nella Bibbia originale il nome di Dio è usato nella forma del tetragramma JHWH più di settemila volte.Siccome gli ebrei non scrivevano le vocali,ma le pronunciavano quando leggevano, oggi è impossibile sapere l'esatta pronuncia del tetragramma.

Per questo motivo alcuni,tra cui i cattolici,e non tutti perchè abbiamo visto che mons.Garofalo usa il tetragramma decine di volte nella sua traduzione,presero a sostituire JHWH con il termine il Signore e similari.

Inoltre alcuni ebrei pensavano in modo superstizioso che il nome di Dio era troppo sacro per essere pronunciato;per cui sostituirono il tetragramma con Adonai,il Signore.

Comunque avevano sempre presente che nell'originale il termine usato non era Adonai,ma il tetragramma:JHWH.

Ma anche l'archeologia dimostra che il tetragramma era usato liberamente nella sua forma originale fino ai tempi di Cristo.

Abbiamo il frammento di Deuteronomio 6:4 del 2° o 1° secolo avanti Cristo,il Nash Papyrus,che riporta in ebraico antico due volte il nome divino.

Inoltre un rotolo del Mar Morto datato la prima metà del 1° secolo dell'era Cristiana riporta il tetragramma ripetute volte in antiche lettere ebraiche.

Questo conferma che al tempo di Gesù il nome proprio di Dio era ampiamente usato,come fece Cristo Gesù stesso.

Leggete il vangelo di Giovanni 17:6 e 26 dove è scritto chiaramente che Gesù ha fatto conoscere il nome di Dio e lo ha liberamente usato.

Clemente:"

Ma tu sai a quali concusioni ci porti?Che Geova è il vero Dio,l'unico Dio e Gesù non fa parte di una trinità"

Francesco:"

Hai compreso benissimo.Gesù stesso loda lo scriba che aveva compreso correttamente il primo comandamento.

Gesù non ha mai preteso di essere Dio,ma il figlio di Dio,mandato sulla terra dal padre per salvare mediante il proprio sacrificio,l'umanità dal peccato e dalla morte.

Gesù è il Signore,il Salvatore,come lui stesso dice:"

Il figlio dell'uomo non è venuto per essere servito,ma per servire e dare la sua anima come riscatto in cambio di molti" Matteo 20:28.

Tutte le scritture sostengono questo insegnamento.

Voglio solo leggere con voi 1 Corinti 8:6 :"

Effettivamente c'è per noi un solo Dio ,il Padre,e un solo Signore Gesù Cristo".

L'unico Dio quindi è il padre Geova o Jahvè.

Non esiste nessuna trinità composta da padre ,figlio e spirito santo.

" E' sorprendente quello che ci dici.Non è facile da accettare ,dopo che per una vita ci hanno insegnato che Dio è una trinità-dissero Aurora e Clemente.

Ma lasciamo da parte questo,ne riparleremo in seguito,se ti farà piacere.

Ancora però non ci hai spiegato perchè ti sei fatto arrestare per non fare il servizio militare."

Francesco:"

Desiderate che ne parliamo un'altra volta?Non vorrei approfittare della vostra pazienza e del vostro tempo".

"No,rispose Clemente non ci siamo né annoiati ,nè stancati.Tu sai che siamo molto impegnati e non sappiamo quando avremo altro tempo per approfondire il discorso. Vorremmo continuare adesso, se non ti dispiace".

E così Francesco riprese il suo dialogo
"Vedete il 2° comandamento è chiaro:"
Devi amare il tuo prossimo come te stesso".

E pensate che fare il servizio militare e uccidere i propri fratelli sia compatibile con tale comando?-
La Bibbia recita:"Chiunque odia suo fratello è omicida e voi sapete bene che nessun omicida ha la vita eterna dimorante in sè".

Intanto questo versetto sottolinea che la vita eterna non è connaturata all'uomo, non è dimorante in lui; la si ottiene non odiando il fratello, cioè è qualcosa non di innato, ma di conquistato con le proprie opere e con la fede.

Su questo argomento dovremmo fermarci un po' di tempo; lo faremo in seguito se sarà possibile.
Ma ora voglio venire subito alla vostra domanda.

Perchè ho preferito farmi arrestare piuttosto che fare il militare?

Ma veramente pensate che uno si possa definire cristiano se va in giro ammazzando il prossimo?
Gesù dice che tali persone che odiano il fratello al punto di desiderare di ucciderlo, sono OMICIDI!.

Ma vi immaginate Gesù che si arruola come militare e va in giro sparando e uccidendo?
Le sedicenti religioni cristiane hanno infangato il nome di Cristo.
Non solo hanno partecipato alle guerre, ma le hanno fomentate.
Si sono scannati fratelli contro fratelli, cattolici contro cattolici, cristiani contro musulmani e via discorrendo.
Ma Cristo predicava il messaggio dell'amore non dell'odio..
Clemente:"
Ma non vi sono guerre giuste? Combattute per un nobile ideale?
Israele non ha partecipato agli ordini di Dio allo sterminio di popoli nemici?
"Sì è vero, rispose Francesco, vi sono guerre giuste, ma queste sono quelle combattute su ordine di Dio per adempiere il suo proposito e i suoi fini giusti, come appunto le guerre combattute dagli israeliti contro quelli che si opponevano a Geova e al suo popolo.
La Bibbia non è contraria a tali guerre. Ma esse sono stabilite da Dio e combattute su ordine di Dio.
Ma quale delle guerre ordinate dall'uomo può dirsi giusta?
Queste guerre sono fatte da uomini avidi ed egoisti a scopo di lucro, di falsi ideali quali patria, democrazia e altre fantasie create per giustificare il massacro di altri nuomini.
La Bibbia dice:"l'uomo ha dominato l'uomo a suo danno" Ecclesiaste 8:9.
La storia dell'umanità è una storia di massacri e sopraffazioni, perpetrate al solo scopo di dominare e sfruttare.
Si prenda ad esempio la prima guerra mondiale:
sui due fronti in guerra c'erano fedeli della stessa religione che si trucidavano a milioni.
Con chi era Dio, con quali delle due parti?
E se una parte aveva ragione perchè le autortà ecclesiastiche non scomunicavano la parte in torto; anzi, le autorità religiose sostenevano ciascuno i fedeli della propria nazione, anche se dall'altra parte c'erano altri fedeli della stessa religione.
La verità è che la religione ha le mani sporche, lorde del sangue di molti milioni dei propri fedeli.
Si prenda l'esempio dei testimoni di Geova.
Sono stati i primi ad essere internati nei campi di concentramento tedeschi e torturati e uccisi, perchè si erano rifiutati di andare in guerra.
Eppure erano gli unici internati che avrebbero potuto essere liberati. Era sufficiente che firmassero una lettera di abiuria dalla loro fede.
Ma solo pochissimi hanno firmato, smettendo così di appartenere alla fede dei testimoni.
Il resto ha preferito morire piuttosto che uccidere il prossimo.
Essi non volevano essere considerati da Dio Omicidi.

Se tutte le chiese si fossero comportati come loro,ci sarebbero stati milioni di morti straziati dalla mano di cosìddetti fratelli?

E' emblematico quello che è accaduto a Zagabria durante la dissoluzione dell'ex Iugoslaia.

Si sono macellati fra loro musulmani,cattolici,ortodossi ed altri in nome di Dio e della patria.

Mentre questo accadeva ex cattolici,musulmani e ortodossi si riunivano allo stadio di Zagabria per tenere il loro congresso.

Erano diventati testimoni di Geova.

Non si uccidevano fra loro,non si odiavano.

Tra lo sbalordimento delle guardie di Zagabria e del mondo queste persone convertitesi al credo dei testimoni di Geova,pregavano insieme,cantavano insieme, si abbracciavano fra loro,piangendo di gioia.Era il trionfo dell'amore e della fede contro la barbarie del nazionalismo e dell'odio religioso..

Erano diventati fratelli in Cristo.

Tutto il mondo potè constatare qual era la religione che aveva il diritto di chiamarsi cristiana.

Ecco! Ora vi ho spiegato perchè mi sono fatto imprigionare per non fare il servizio militare".

Clemente e Aurora lo abbracciarono felici.

"Siamo onorati di averti conosciuto.Sì,tu sei un vero cristiano e ,finchè resterai con noi,vorremmo,se tu sei d'accordo ,conoscerti meglio e approfondire con te la parola di Dio,che ha così profondamente toccato il tuo cuore".

Cap. 20

Il Santapaola ,osannato dal popolo,stravinse le elezioni.Ottenne più del 70% dei voti e più di due terzi dei seggi.

Aveva il potere assoluto.Poteva fare le riforme che desiderava e cambiare anche la costituzione.

Tutti gli organi pubblici caddero sotto il suo controllo,anche quelli di informazione.

Il suo delirio di onnipotenza si esaltò,sollecitato dai tantissimi adulatori che lo circondavano.

Tutti ne parlavano bene,tutti lo esaltavano e si aspettavano da lui la soluzione di tutti i problemi-Lui era l'uomo della provvidenza.

Il Santapaola era anche lui intimamente,profondamente convinto di essere l'uomo della provvidenza.

Non lo gridavano tutti apertamente e non erano tutti in attesa di ciò che avrebbe fatto?

L'orgoglio nazionale crebbe a dismisura:anche i cittadini si sentivano toccati da Dio,superiori agli altri.

Sarebbero tornati agli antichi fasti,all'antica gloria.

La grandezza di un tempo era restata nelle fibre del popolo e ora si sarebbe manifestata apertamente.

Erano di nuovo orgogliosi di chiamarsi Italiani.

Loro avevano un Santapaola!

Il Santapaola era già di per sé malato di delirio di onnipotenza.

Ora però,di fronte all'incensamento generale,pensò veramente che Dio si serviva di Lui per raggiungere fini che ,per ora gli restavano ancora sconosciuti.

A quale destino lo stava preparando?

Come si sarebbe servito di Lui?

Quando camminava aveva ormai il passo del trionfatore.

Tutti gli facevano spazio,tutti lo omaggiavano,lo applaudivano.

Ebbe messaggi di congratulazioni dai capi di stato di tutto il mondo,anche loro sbalorditi dal successo che aveva ottenuto

Chi osava solo accennare a qualche critica nei suoi confronti o sollevava qualche dubbio,veniva immediatamente tacitato,a volte anche con la violenza.

Arrivò il giorno in cui il Consiglio dei militari che aveva temporaneamente gestito i poteri, ora gli avrebbe conferito i poteri ufficialmente.

Vi fu una cerimonia molto sfarzosa :Il Santapaola era in alta uniforme:piena di nastrini,medaglie e pennacchi.

Si presentò col suo governo,formato per lo più da militari e davanti alle telecamere di mezzo mondo prestarono giuramento di fedeltà alla Repubblica e firmarono gli atti di nomina.

Il Santapaola fu nominato :

Presidente della Repubblica con pieni poteri:poteva cioè controllare tutti i poteri dello stato.

Aveva la facoltà di delegare i suoi poteri ai ministri nominati.

Insomma fu un'"incoronazione ufficiale" e ricevette poteri assoluti,come un monarca.

La sua gioia era immensa :si guardava intorno come il padrone del mondo.

Fu alla fine suonato l' inno nazionale.

I mass media dei paesi più importanti erano presenti in massa.

Il Santapaola era un fenomeno che lasciava stupito il mondo:volevano conoscerne la genesi e, soprattutto,si chiedevano quali conseguenze avrebbe portato sugli equilibri mondiali.

In altri paesi sorsero altri Santapaola che ne seguirono i passi.

Il delirio di onnipotenza è una malattia molto diffusa.

Dopo la cerimonia il Santapaola attraversò in corteo col suo governo le vie principali di Roma, tra applausi e grida di:"viva l'uomo della provvidenza! Lunga vita al Santapaola e prosperità e gloria per l'Italia!".

Gli aerei militari solcarono in formazione i cieli di Roma lasciando una striscia con i colori della bandiera italiana.

Tutta la cerimonia era stata orchestrata da Mario,il quale,al termine,suggerì al Santapaola di immortalare l'evento andando come prima cosa alla comunità "La Fratellanza",che era stata la base del suo volo nei cieli della politica italiana.

Tutti dovevano ricordare,doveva essere scolpito nella loro mente che solo il Santapaola aveva estirpato la mala erba della mafia.

E così il Santapaola e il suo governo,in pompa magna ,si recarono nella Valle dei Templi,alla comunità "La Fratellanza"

Il presidente della comunità neonominato Francesco La Torre presentò il Santapaola in alta uniforme ai giovani della comunità e agli altri membri,compreso il personale.

Tessè con parole infuocate gli elogi del Santapaola ,sottolineando quanto aveva fatto per la comunità:"

Era Lui che l'aveva generata e come un buon padre protetta dagli attacchi della mafia.

Ora tornava alla sua creatura,per riceverne l'abbraccio riconoscente".

Abbracci,applausi,musica militare,balli.

Vi fu anche un grande rinfresco.

L'evento doveva essere scolpito nella mente dei presenti e di quelli che l'avrebbero visto tramite i mass-media.

Prima che la cerimonia finisse Mario prese la parola:"

Nella sua benignità,in un giorno di grande gioia per la nazione e di gloria per il suo futuro,il Santapaola aveva deciso di liberare tutti i giovani che erano nella comunità condannati per renitenza al servizio militare.

Una sola condizione:i giovani dovevano accettare di salutare la bandiera,baciarla e fare un inchino di sottomissione al potere del Santopaola.

Questi giovani avrebbero riscattato così il loro atto impulsivo,dovuto alla loro giovane età e alla negativa influenza di tristi consiglieri che non avevano a cuore la gloria dell'Italia.

La gioventù sarebbe stata la base della nuova società che il Santapaola avrebbe plasmato.

Tutto fu pronto.

Il Santapaola,impettito,seduto su un seggio "regale";a lato un tavolo con le dichiarazioni che dovevano essere firmate dai giovani e la bandiera che dovevano baciare.

I giovani frastornati,intimoriti uno alla vota si avvicinarono al podio e tra la musica militare, omaggiarono i simboli del potere e firmarono l'atto di accettazione.Si inchinarono davanti al Santapaola per riconoscerne la grandezza e sottomettersi alla sua autorità.

Quando arrivò il momento di Francesco Todisco lui stette in piedi,rispettosamente,ma non rese omaggio a nessuno,nè firmò.Tantomeno baciò la bandiera.

Mario gli si rivolse irritato :"

Perchè non accetti la benignità che ti è stata mostrata e l'opportunità di essere liberato ed entrare a far parte della giovane Italia che renderà grande questo paese? Non ami il tuo paese?

Non vuoi partecipare a ricreare la sua gloria?.

Francesco con calma prese la sua Bibbia e lesse:"

Di nuovo il Diavolo lo condusse su un monte insolitamente alto e gli mostrò tutti i regni del mondo e la sua gloria e gli disse:"

Ti darò tutte queste cose ,se ti prostri e mi fai un atto di adorazione"

Allora Gesù gli disse:"

Va via ,Satana,perchè è scritto:"Devi adorare Geova tuo Dio e a lui solo devi rendere sacro servizio".

Ecco,concluse Francesco,io non adorerò né il signor Santapaola,nè la bandiera ,nè nessun altro: Come Gesù io adorerò solo Geova,l'unico vero Dio e sovrano dell'universo!

Il Santapaola si alzò all'improvviso estremamente irritato e con uno bastone poggiato sul tavolo colpì al volto Francesco.

"Sei uno sporco vigliacco traditore della patria ,non meriti.."

A questo punto la sua voce si strozzò e divenne un rantolo.

Un ragazzo tra gli altri ,che era il figlio di un boss della mafia ucciso dal Santapaola e che era stato internato a "La Fratellanza", aveva estratto una pistola e aveva sparato al cuore del Santapaola ,gridando:"

La mafia non è morta.Questo per aver ucciso mio padre!"

Una raffica di mitra di uno dei soldati della scorta lo stese a terra.

SIC TRANSIT GLORIA MUNDI

Prima di terminare questo romanzo voglio raccontarvi la genesi e la fine del desiderio di onnipotenza,che ha segnato la storia dell'umanità ed è alla radice delle sue sofferenze.

Il primo a coltivare il desiderio di onnipotenza fu un angelo ribelle che divenne Satana il Diavolo.

Ad un certo punto questo cherubino splendente si insuperbì e desiderò essere adorato al posto di Dio.

Indusse così Eva e tramite essa Adamo a mangiare il frutto della conoscenza del male e del bene: li indusse cioè a ribellarsi all'autorità di Dio,volendo fare di se stessi un Dio,divenendo figli di Satana.

Fu in Eden che ebbe origine la lotta fra bene e male che ha funestato tutta la storia umana.

In Eden Dio condannò Satana con queste parole:"

Poichè hai fatto questa cosa ,sei il maledetto fra tutti gli animali domestici e fra tutte le bestie selvagge del campo.

Andrai sul tuo ventre e mangerai la polvere tutti i gioni della tua vita.

E io porrò

INIMICIZIA FRA TE E LA DONNA E FRA IL TUO SEME E IL SEME DI LEI.

EGLI TI SCHIACCERA' LA TESTA E TU GLI SCHIACCERAI IL CALCAGNO".

Dal desiderio di onnipotenza del serpente,Satana,dal desiderio di essere Dio sorse così la lotta fra il Bene e il Male.

La donna è l'organizzazione celeste di Dio da cui nasce un seme che deve distruggere Satana:Gesù Cristo.

Il seme di Satana sono tutti quelli che condividono il desiderio di onnipotenza di Satana,volendo fare di se stessi un Dio.

Tutta la storia umana è stata contrassegnata da questo folle sentimento di onnipotenza:"

L'uomo ha dominato l'uomo a suo danno" Ecclesiaste 8:9-

Satana schiaccia il calcagno della donna di Dio quando mette a morte Gesù Cristo .

Lo schiacciamento del calcagno non è una ferita irrimediabile;infatti Gesù è stato risuscitato e a suo tempo schiaccerà la testa di Satana e del suo seme.

Questa lotta tra Il Male e il Bene,tra Satana e Cristo, è durata per tutta la storia dell'uomo.

A tutt'oggi sembra che il male abbia trionfato.

Basta vedere il trionfo della illegalità,della malvagità,della degradazione morale che ha accompagnato la storia dell'uomo.

Anche la teoria dell'evoluzione della specie è un tentativo di eliminare Dio e di fare di se stessi un dio

Satana ha ucciso anche Cristo e dopo la sua morte le sofferenze e le nefandezze dell'uomo non sono migliorate,anzi.

Allora ha vinto il male?

Niente affatto.

Gesù disse ai suoi disecpoli:"Fatevi coraggio.Io ho vinto il mondo"Giov.16:33.

La morte di Gesù non contrassegnò la vittoria del Male sul Bene.

Anzi,proprio in quel momento Cristo ,restando fedele a Dio fino alla morte,acquistò il dritto di schiacciare a suo tempo la testa di Satana.

Nel frattempo ,risuscitato,si mise a sedere alla destra di Dio in cielo aspettando il momento di intervenire e distruggere il male.

Gesù entrò in azione nel 1914 ,quando il Padre lo costituì Re del Regno di Dio,lo strumento che adopererà per far trionfare il Bene sul Male.

Gesù,ormai RE incomincia ad esercitare la sua autorità contro Satana in cielo:"

Scoppiò la guerra in cielo:Michele,nome di Gesù in cielo,e i suoi angeli guerreggiarono contro il dragone,Satana,e il dragone e i suoi angeli,i demoni, guerreggiarono,ma esso non prevalse né fu trovato più posto per loro in cielo.

E il gran dragone fu scagliato l'originale serpente,colui che è chiamato Diavolo e Satana,che svia l'intera terra abitata fu scagliato sulla terra e i suoi angeli furono scagliati con lui.....

Per questo motivo rallegratevi o cieli e voi che risiedete in essi!

Guai alla terra e al mare perchè Satana è sceso a voi avendo grande ira sapendo che ha un breve periodo di tempo!"Rivelazione 12 :7:12.

Satana subisce con i. suoi angeli la prima grande sconfitta.

Dopo che Gesù viene incoronato in cielo,nel 1914 con i suoi eserciti angelici li confina nelle vicinanze della terra e libera i cieli dalla loro influenza.

Il Male è estirpato dai cieli spirituali.

Ora però Satana può sfogare la sua ira sulla terra.

Come conseguenza il mondo entra nei suoi ultimi giorni,caratterizzati da grande ira da parte del Diavolo.

I cavalieri dell'Apocalisse incominciano la loro cavalcata:"

E vidi una delle quattro creature viventi dire...Vieni!,..

E vidi ed ecco un cavallo bianco e colui che sedeva sopra aveva un arco e gli fu data una corona ed egli uscì vincendo e per completare la sua vittoria.(E' Cristo Gesù incoronato Re nel 1914)

E quando aprì il secondo sigillo ,udii la seconda creatura vivente dire;"Vieni!"

E uscì un altro cavallo color fuoco e a colui che vi sedeva sopra fu conceso di togliere la pace dalla terra affinchè si scannassero gli uni gli altri e gli fu data una grande spada (questa è la 1° guerra mondiale:fu allora che la pace viene tolta da tutta la terrra e fu usata la grande spada,come non se ne fece uso in precedenza).

E quando aprì il terzo sigillo,udii la terza creatura vivente dire:"Vieni!"

E vidi ed ecco un cavallo nero e colui che vi sedeva sopra aveva in mano una bilancia.

E udii una voce..dire :"Una chenice di grano per un denaro e tre chenici di orzo per un denaro e non danneggiare né l'olio né il vino".(per un denaro la paga di un giorno di lavoro si sarebbe potuto acquistare solo poco grano e poco orzo.Nè si sarebbe potuto danneggiare l'olio e il vino,diventati preziosi.E' naturalmente la carestia)

E quando aprì il quarto sigillo udii la voce della quarta creatura vivente dire:"
Vieni!"

E vidi ed ecco un cavallo pallido (la pestilenza) e colui che vi sedeva sopra aveva nome la Morte e l'Ades lo seguiva da vicino".Rivelazione 6:1-8.

Nessuno può negare che dal 1914 i cavalieri dell'Apocalisse stiano cavalcando:guerre mondiali,carestie e malattie hanno causato la morte di decine di mlioni di persone.

Lo spirito di Satana satura l'umanità,e come conseguenza si adempie 2 Timoteo 3:1-5:"

Ma sappi questo che negli ultimi giorni ci saranno tempi difficili(feroci).

Poichè gli uomini saranno amanti di se stessi,amanti del denaro,millantatori,superbi,bestemmiatori,disubbidienti ai genitori,ingrati sleali,senza affezione naturale,non disposti a nessun accordo,calunniatori,senza padronanza di sé,fieri,senza amore per la bontà,traditori,testardi,gonfi d'orgoglio,amanti dei piaceri anziché amanti di Dio,aventi una forma di santa devozione ma mostrandosi falsi alla sua potenza
e da questi allontanati!".

Questi sono indubbiamenti i giorni in cui viviamo.

Fra breve il Diavolo avrà ancora una cocente sconfitta.

Vi sarà una grande tribolazione come non vi è stata mai né vi sarà più.

Babilonia La Grande,la grande prostituta spirituale,tutta la falsa religione sarà distrutta dalle nazioni aderenti all'ONU:"

Le dieci corna che hai visto e la bestia selvaggia queste odieranno la meretrice e la renderanno devastata e nuda,e mangeranno le sue carni e la bruceranooo completamente col fuoco.

Poichè Dio ha messo nei loro cuori il suo pensiero e di eseguire il loro unico pensiero..."Rivelazione17:16-17.

"Esse sono infatti espressioni ispirate da demoni-pubblicità demonica-e compiono segni e vanno dai re dell'intera terra abitata,per radunarli alla guerra del gran giorno dell'Iddio Onnipotente-E li radunaronoi nel luogo che in ebraico si chiama Har-Maghedon".Rivelazione 16:14,16.

Finalmente lo scontro finale fra il vero Dio Onnipotente Geova e Satana che è l'Iddio di questo mondo,il governante del mondo ma non è l'Iddio Onnipotente.

Satana ha il delirio di Onnipotenza ma alla fine si scontra con il vero Dio Onnipotente,l'unico, Geova Dio.

E' la guerra cruciale tra il Bene e il Male.

"E vidi il cielo aperto ed ecco, un cavallo bianco.

E colui che vi sedeva sopra è chiamato Fedele e Verace ,e giudica e guerreggia con giustizia.

I suoi occhi sono una fiamma di fuoco,e sulla sua testa ci sono molti diademi:

Egli ha un nome scritto che nessuno conosce se non lui solo.ed è adorno di un mantello asperso di sangue e il suo nome è la Parola di Dio.(E' quindi Cristo intronizzato come re del Regno di Dio che combatte contro il Male.E' una battaglia decisiva per il controllo del mondo).

E gli eserciti che erano nel cielo lo seguivano su cavalli bianchi,ed erano vestiti di lino fine ,bianco e puro.

E dalla sua bocca esce una spada affilata,affinchè colpisca con essa le nazioni,ed egli le pascerà con una verga di ferro.

E calca lo strettoio del vino del furore dell'ira di Dio Onnipotente.

E sul mantello e sulla coscia ha scritto un nome Re dei Re e Signore dei signori..."

(Il seme della donna si scontra con Satana e il suo seme.Bene contro Male.E' una battaglia decisiva.)

"E vidi la bestia selvaggia (l'ONU) e i re della terra e i loro eserciti radunati per far guerra contro colui che sedeva sul cavallo e contro il suo esercito.

E la bestia selvaggia fu presa e con essa il falso profeta,che aveva compiuto davanti ad essi i segni con cui aveva sviato quelli che avevano ricevuto il marchio e quelli che rendono adorazione alla sua immagine.(Il falso profeta sono gli Stati Uniti di America e la Gran Bretagna,settima potenza mondiale biblica).

Mentre erano ancora vivi,(cioè operativi)furono entrambi scagliati nel lago di fuoco che brucia con zolfo (il lago di fuoco significa un luogo di distruzione eterno)

Ma i restanti furono uccisi con la lunga spada di colui che sedeva sul cavallo,la quale spada usciva dalla ua bocca (sono i giudizi di condanna di Cristo)".Rivelazione 19:11-16,19-21.

Ad Har -Maghedon la guerra del gran giorno dell'Iddio Onnipotente il regno di Satana,cioè questo mondo da lui governato con le sue istituzioni e governi viene distrutto per sempre)

E Satana e i suoi demoni?

E vidi scendere dal cielo un angelo (Gesù Cristo) con la chiave dell'abisso e una gran catena in mano.

Ed Egli afferrò il dragone,l'originale serpente,che è il Diavolo e Satana e lo legò per mille anni.

E lo scagliò nell'abisso e chiuse e sigillò questo sopra di lui,affinchè non sviasse più le nazioni fino a quando furono finiti i mille anni.

Dopo queste cose dev'essere sciolto per un po' di tempo.

La battaglia tra il Bene e il Male ,tra Satana e Cristo,il seme della donna di Dio è concluso col trionfo del Bene.

Tutto il Regno di Satana viene distrutto.Egli non è l'Iddio onnipotente.

Anzi il maresciallo in campo di Geova,dopo averlo sconfitto lo incatena per mille anni e lo inabissa perchè non possa influenzare quelli che sono in vita durante il Regno millenario di Dio.

Egli è ormai impotente,sconfitto,inerme.Non ha più neppure un governo.

Il Re vittorioso si servirà di lui ancora una volta alla fine del Regno millenario.

Dopo l'inabissamento di Satana e dei suoi demoni ha inizio il Regno millenario di Cristo sulla terra.

"E vidi un nuovo cielo (un nuovo governo,il Regno di Dio) e una nuova terra (una società umana purificata che si sottomete volontariamente al Re costiuito da Geova).

Poichè il precedente cielo(i malvagi governi sotto il controllo di Satana) e la precedente terra (la società umana controllata da Satana)erano passati e il mare (la malvagità) non è più.

E vidi la città santa ,la Nuova Gerusalemme (la sposa di Cristo i santi chiamati a regnare con Cristo per mille anni) scendere dal cielo da Dio e preparata come un sposa adorna per il suo marito.

Allora udii un'alta voce dal trono dire:"

Ecco la tenda di Dio è col genere umano ed egli risiederà con loro ed essi saranno suoi popoli,
e Dio stesso sarà con loro.

Ed Egli asciugherà ogni lacrima dai loro occhi e la morte non ci sarà più,nè ci sarà più cordoglio ,nè grido,nè dolore .

Le cose precedenti sono passate".Rivelazione 21:1-4.

Chi vivrà sotto il Regno millenario?:quelli che passano in vita la grande tribolazione e non vengono distrutti durante la guerra finale di HarMaghedon;i risuscitati:"Vi sarà una risurrezione sia dei giusti che degli ingiusti (giusti sono quelli che hanno servito Geova fedelmente;ingiusti quelli,che pur commettendo peccati anche gravi non erano in grado di scegliere chi servire ed adorare)
Atti 24:15.

Le persone che vivranno sotto il Regno milenario di Dio perverranno gradualmente alla perfezione adamica,saranno perfetti come lo erano Adamo ed Eva prima di peccare.

Alla fine dei mille anni saranno,come Adamo.

Allora il proposito originale di Dio si sarà adempiuto.

Gli uomini non avranno più bisogno del Regno di Dio retto da Cristo.

Gesù ha adempiuto il suo scopo.Egli non vuole usurpare il potere che spetta all'unico Onnipotente, egli non è affetto da delirio di onnipotenza è umile e sottomesso.

"Poi la fine ,quando avrà consegnato il Regno al suo Dio e Padre ,quando avrà ridotto a nulla ogni governo,ogni autorità e potenza.

Poichè egli deve regnare finchè Dio non abbia posto tutti i nemici sotto i suoi piedi.

Come ultimo nemico sarà ridotta a nulla la morte.

Poichè Dio ha sottoposto tutte le cose sotto i suoi piedi.

Ma quando dice che sono state sottoposte tutte le cose ,è evidente che è ad eccezione di colui che gli ha sottoposto tutte le cose.

Ma quando tutte le cose gli saranno state sottoposte,allora **ANCHE IL FIGLIO STESSO SI SOTTOPORRA' A COLUI CHE GLI HA SOTTOPOSTO TUTTE LE COSE,AFFINCHE' DIO SIA OGNI COSA A TUTTI**"1Corinti 15:25-28

Ora l'umanità è perfetta come i primi uomini Adamo ed Eva.

Anche la loro lealtà sarà messa alla prova.

"Ora appena saranno finiti i mille anni Satana sarà sciolto dalla sua prigione,e uscirà per sviare quelle nazioni che sono ai quattro angoli della terra,Gog e Magog,per radunarli alla guerra.

Il numero di questi è come la sabbia del mare.

E avanzarono sull'estensione della terra e circondarono il campo dei santi e la città diletta.

Ma fuoco scese dal cielo e li divorò.

E il diavolo che li sviava fu scagliato nel lago di fuoco,dove erano già la bestia selvaggia e il falso profeta"Rivelazione 20:7-10.(il lago di fuoco è simbolo di distruzione totale ed eterna).

A questo punto ogni delirio di Onnipotenza sparirà dalla terra per sempre.

Satana sarà distrutto con tutti quelli che tradiranno Dio e si ribelleranno alla sua sovranità universale.

Il Bene ha trionfato per sempre.

Poichè la creazione fu sottoposta alla futilità non di propria volontà,ma per mezzo di colui che la sottopose in base alla speanza che la creazione stessa sarà pure resa libera dalla schiavitù della corruzione e avrà la gloriosa libertà dei figli di Dio" Romani 8:20-21

Il romanzo è opera della fantasia dell'autore.
Ogni riferimento a persone,cose o fatti è puramente casuale,tranne i riferimenti biblici.

Printed in Great Britain
by Amazon